与翰墨结缘　感悟中华文字之精深博大
同大师对话　传承书法艺术之文化精神

中国古代翰墨大家诗赞

——尤中会书自作诗五十首

尤中会　著

华中科技大学出版社
http://press.hust.edu.cn
中国·武汉

作者简介

尤中会，一九四三年十二月生于河南省临颍县一个书香世家。自幼受祖父遗墨熏染，酷好诗词书画。曾任湖北省书法家协会秘书长、湖北书画院副院长兼秘书长，现为中国书法家协会会员、湖北书画艺术研究院院长、湖北书画院顾问，白鹭书院首席顾问。

尤中会主攻行、草书，兼擅章草、魏碑，尤精小楷及大草。正书点画精美，线质柔韧，沉雄正大。小楷点画精到，结体疏朗，灵秀飘逸。行草精于用笔，使转切换，精准到位。字形体势偃仰起伏，变化奇妙，窈窕多姿。大草提按回环，翻转抽杀，腕灵笔活。章法错落有致，险平兼融，和谐统一。尤中会书法『以古人之规矩，开自己之生面』，抒情于规则之内，浪漫于法度之中。呈现出雄健正大、洒脱飘逸、气像恢宏的书法个性，透显着文人的品格情操、学养气骨、精神华采和气度风神。他认为，书法艺术是靠传承生存的，书法家必须具备『品高、学厚、书精』三大要素，以中华文化精神为灵魂，遵照书法艺术的内在规律，努力攀登『功力、章法、情性、气韵、个性』五大台阶，坚持在继承中华文化优秀基因基础上的出新。

尤中会在诗、书、画、论诸方面都取得了可喜成就。早在一九七四年，他创作的中国画《雄兵天降》就参加了空军及全军美展。书法则连续参加了第三、四、五届国展。二〇一二年八月，中国书法家协会、湖北省委宣传部、湖北省文学艺术界联合会、湖北省书法家协会联名在中国美术馆为他举办了『墨华翰韵·尤中会书法艺术展』，反响强烈，受到社会的广泛称赞，并应中央电视台书画频道之邀，作客演播厅接受专访。

尤中会悉心于古典书论的探索研究和格律诗词的创作，坚持在沉静中读书写字，在寂寞中探研治学，在孤独中著书立说。先后出版了《尤中会书法集》、《尤中会墨迹五稿》、《墨华翰韵·尤中会书法艺术展作品集》、《中国古代翰墨大家诗赞——尤中会书自作诗五十首》、《问书堂诗草》诗词专集，以及书法理论专著《翰墨述要》、《史上翰墨五十家》等。

序

尤中会先生是一位酷爱读书、治学严谨、修养全面、执着勤奋的学者型艺术家，在书法绘画、诗词楹联、理论研究诸方面都取得了可喜成就。他的格律诗以婉约派为宗，格律严谨，文词简洁，格调清新，且引经用典，蕴情含趣，意境幽深。他的书法宗法传统，兼擅多体。小楷用笔精道，大楷气象正大，行书清雄雅健，草书刚断峻拔，大草则冶众家为一炉，合古又离古，离古不弃古，师古不泥古，出新且蕴古，个性独具，新局别开。尤先生作书用笔正侧切换，迅疾准确，简洁明快，雄健洒脱，虽狂放不羁，却尽在法度规则之中。其章法秩序，辩证理趣，平险相间，和谐统一。书风老辣劲健，磅礴大气，气韵清和，学养内蕴。体现出他扎实的功力，纯熟的技巧，厚实的文学修养和特有的文化气质。他曾连续参加三、四、五届书法国展，二〇一二年八月，中国书法家协会与湖北省委宣传部、湖北省文联、湖北省书协联名为他举办的『墨华翰韵·尤中会书法艺术展』在中国美术馆隆重开幕，受到广大观众的热烈赞扬，并应中央电视台书画频道之邀，作客《书画人生》栏目演播厅接受专访。

尤先生创作勤奋，成就斐然，先后有《尤中会书法集》、《尤中会墨迹五稿》、《墨华翰韵·尤中会书法艺术展作品集》，以及书法理论专著《临池余墨》、《翰墨述要》等出版发行。我原以为他再出上一本诗词专集和画册，完全可以画上一个完美的句号了，没想到他继二十六万字的《翰墨述要》出版之后，一发不可收拾，不到一年时间，又完成了近三十万字的《史上翰墨五十家》。二者所不同的是：《翰墨述要》偏重于对书法艺术内在规律的探索、揭示和论证，也是他对七十多年来书法艺术实践的总结归纳；而《史上翰墨五十家》则是对古代书法大家的精采辨析和科学评述，对古代传统法书经典的绝妙评点和全新推介。《史上翰墨五十家》从公元前二二一年秦统一六国到公元一九一一年辛亥革命的两千一百三十二年区间中，精心筛选出五十位翰墨大家汇于一书。这些大家一生勤奋苦读，习经攻史，学富五车，气度非凡，在中国文字演进发展的关键节点上，都有重大贡献。他们是历史大浪淘沙反复淘洗出来的真金大才、文化精英。他们书法技艺高超，书学理论精辟，诗书画兼擅，且都有经典名作传世，是历朝历代认定且知名度极高的大学问家、翰墨大师、文化楷模，被尊为文宗字祖、先智

敬畏大家 尊重经典

苏清杰

先师，代代效仿。总之，他们是影响后人的里程碑式人物。《史上翰墨五十家》以人物生年排序，以人为篇，共计五十个篇章。每篇附『编者诗评』一首，共计五十首。『编者诗评』以极简之笔，高度概括了人物的生平与艺术，堪称点睛之笔，篇之亮点。如李斯诗评：『雄才大略美华章，辅佐秦皇并六疆。为统国文研小篆，神州石刻记辉煌。』王羲之诗评：『仰秦慕汉步张钟，潇洒从容晋士风。千载临河留一序，行书第一拜兰亭。』颜真卿诗评：『忠贞品骨铸风威，大义凛然斥叛贼。书翰节操双互化，雄浑劲健记丰碑。』苏东坡诗评：『被贬奇才傲世间，临江啸唱起波澜。词风豪迈赋文婉，书翰诗华震宇寰。』可谓是匠心独具，别开生面。尤先生于著书之余挥毫疾书，将五十首诗评转化为书法作品汇为一册，从而成就了《史上翰墨五十家》的姊妹篇——《中国古代翰墨大家诗赞——尤中会书自作诗五十首》这本书法专集。如果我们把这些历史人物以时间顺序串联起来，就是一帧珠光闪烁、绚丽多彩的翰墨大家人物画卷，就是一部中国文字和书法艺术的演进发展史。尤中会先生已出版过几本大型精装书法专集，但这本书法专集与其他几本书法专集不同，属于书法家书自作诗，不仅仅是书法艺术的展示，而且是书家学养的展示，这对于书法家如何加强文化修养是一个很好的启示。尤先生的书法艺术是他人品、学识、功力的综合体现，具有强烈的感染力和渗透力，当我们欣赏他这本书法专集时，将会情不自禁地陶醉在他那精采的论书诗篇和书法艺术的气韵意境之中。

优秀的中华文化是我们伟大民族的本根，民族的复兴首先是文化的复兴，文化的复兴包括书法艺术的复兴。在中国书法艺术的复兴与承传中，我们还会遇到多方面的挑战，我们面临的形势复杂而严峻，我们的任务伟大而艰巨。我们必须以历史为镜，以大师为鉴，以经典为师，认真继承中华文化基因，努力攀登艺术高峰，书写时代华章，展现时代风采。我相信，尤先生这本书法新作，将会引领更多的人『与翰墨结缘，感悟中华文字之精深博大；同大师对话，传承书法艺术之文化精神』，由翰墨自信升华为文化自信，既具有历史意义，又具有现实意义。

二〇二一年八月一日于北京永安里

（苏清杰：中国汉编文化基金管委会主任、北京师范大学客座教授）

目录

01 精研小篆统国字——秦 李斯①

李斯像

雄才大略美华章②，
辅佐秦皇并六疆③。
为统国文研小篆④，
神州石刻⑤记辉煌。

[注释]

①李斯（公元前二八四至公元前二〇八年），字通古，汝南上蔡（今河南省驻马店市上蔡县）芦岗乡李斯楼村人。秦朝著名政治家、文学家和书法家。在辅佐秦王政统一六国的伟大事业中发挥了重大作用，拜为丞相。李斯反对分封制，坚持郡县制。秦统一六国后，参与制定礼仪、法律等制度，为统一车轨、文字、货币、度量衡等做出了重大贡献。

②美华章：李斯好文笔，擅文章，传有《谏逐客书》、《论督责书》、《言赵高书》、《狱中上书》等文。其中《谏逐客书》为千古传诵名篇。

③并六疆：指秦统一六国。

④研小篆：秦统一六国后，秦始皇采纳李斯『书同文』的建议，命李斯主持推行实施。李斯精研商甲、周鼎古文字及战国简牍书，去粗取精，创立小篆，统一了秦国文字，故小篆又称秦篆。

⑤神州石刻：李斯常随秦始皇出巡全国各地，每到一地，秦始皇都命李斯书碑刻石作为纪念，留下不少石刻碑文，如《琅琊台刻石》、《峄山刻石》、《会稽刻石》、《泰山刻石》、《之罘刻石》、《东观刻石》、《碣石刻石》等。

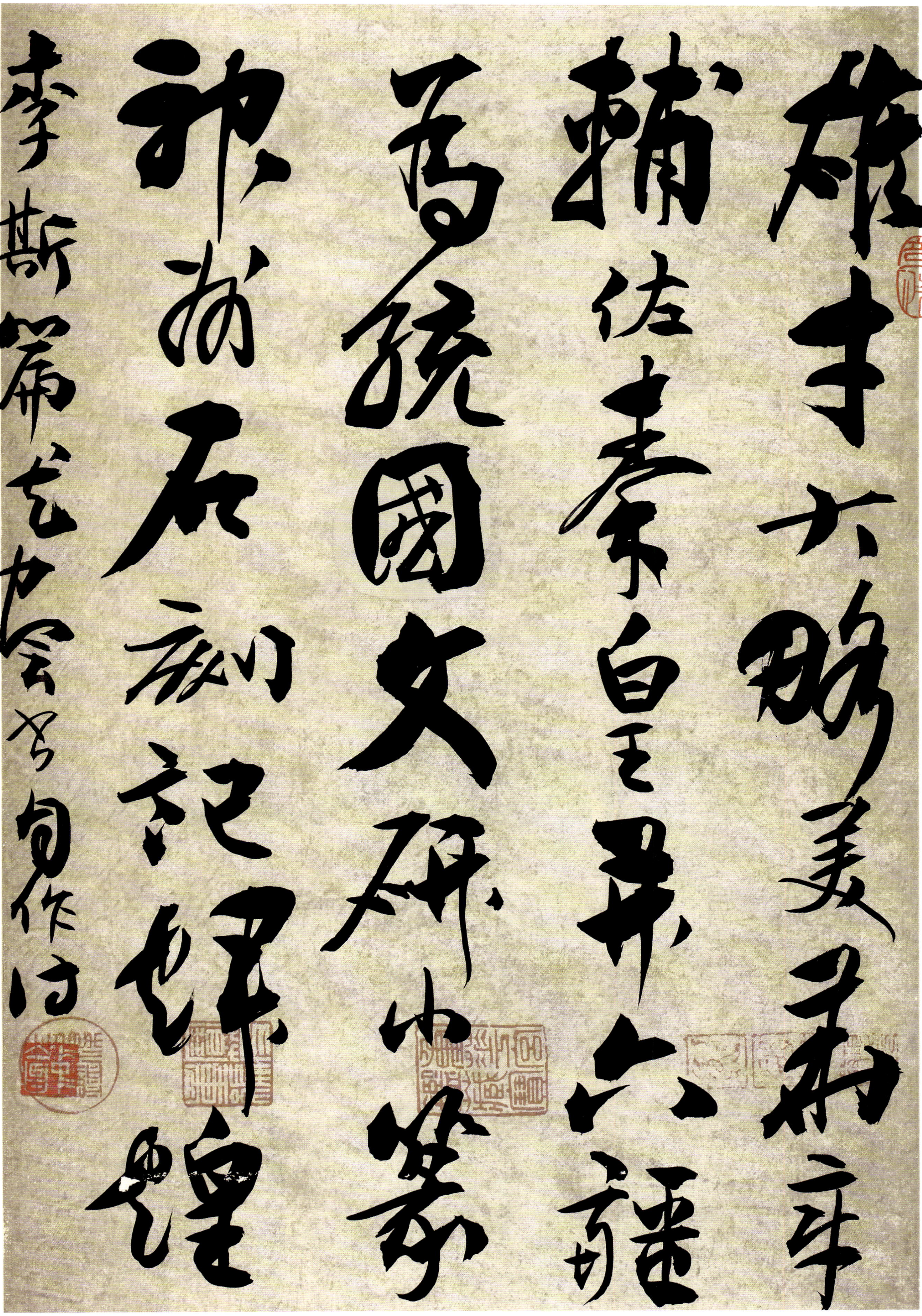

雄才大略美华章，
辅佐秦皇并六疆。
为统国文研小篆，
神州石刻记辉煌。

02 圆改方磔开隶变——秦 程邈①

程邈像

公文战令事纷繁，
小篆②虽工抄写难。
圆改方折磔为捺③，
秦书隶变④启开端。

[注释]

①程邈（生卒年不详），字元岑，秦内史下邽（今陕西省渭南市下邽镇）人。曾在当地县里做狱吏，专门负责办理文件抄写一类的差事，因性情耿直得罪了秦始皇，被关在云阳县（今陕西省淳化县）一个监狱里。程邈深感小篆书写的缓慢与繁琐，在狱中悉心探研战国及先秦古文字，将小篆快写，改圆转为方折，将横画及左伸右收改为一波三折的磔与捺，历经十载，终于创造出一种书写快捷的新字体，因狱隶所创，故名『隶书』。因源于古籀篆，又称『古隶』。因起始于秦朝，又称『秦隶』。又因缘于小篆草写，又称『草篆』。这种隶书的特点是笔画平直，结构简单，扁阔取势，有了波磔，与小篆相比，便于操作，书写快速，还易于辨认，使用方便。秦始皇得知后，不仅免了程邈的役刑，还封他为御史。程邈为隶书的初创者和开启者，他创造的隶书真迹虽然没有保留下来，但在后来出土的秦简中得到了印证。

②小篆：秦篆。

③圆改方折磔为捺：程邈改小篆圆转为方折，改左伸右收为波磔，开小篆草写，始创隶书。

④隶变：在中国文字演进史上，史学家将小篆向隶书转化的时代称为『隶变期』。

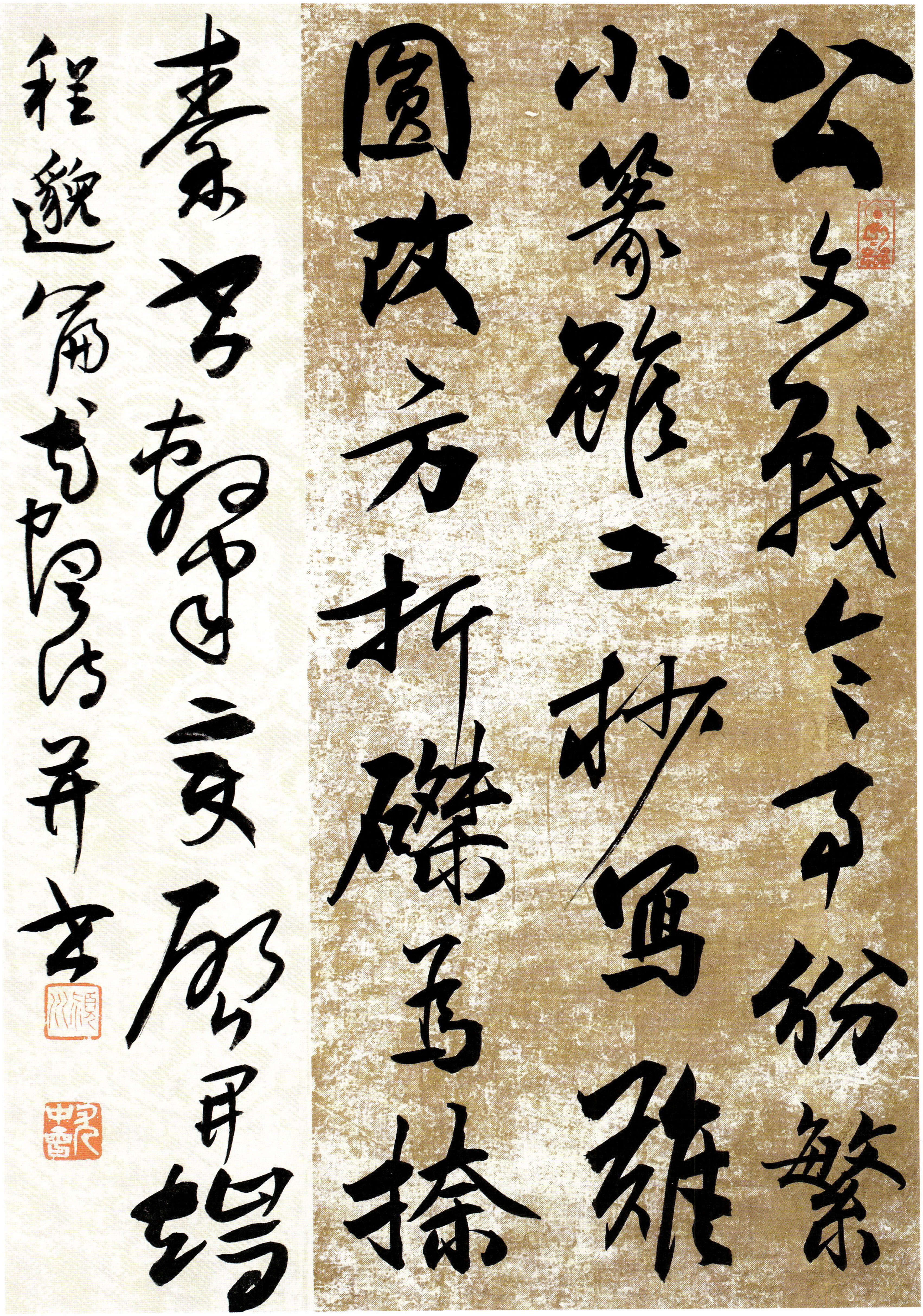

公文战令事纷繁，
小篆虽工抄写难。
圆改方折磔为捺，
秦书隶变启开端。

03

解隶粗书急就篇——西汉 史游①

史游像

黄门②解隶粗书③传，
简略迅疾点线牵。
写下学童识字本④，
章文⑤自此有鸿篇。

[注释]

①史游（生卒、生平不详），传汉元帝初元元年至永光元年间（公元前四十八年至公元前四十三年）做过黄门令。史游善古文，精字学，工书法。做黄门令时，将隶书草写，始创章草书，并以章草字体撰写了学童识字本《急就篇》。

②黄门：指黄门令史游。

③解隶粗书：史游『解散隶体，粗书之』，乃得章草。唐张怀瓘《书断》云：『存字之梗概，损隶之规矩，纵任奔逸，赴俗急就，因草创之文，谓之「草书」（章草）』。

④识字本：古代学童启蒙读物，这里指史游的《急就篇》。

⑤章文：指史游始创的章草书。

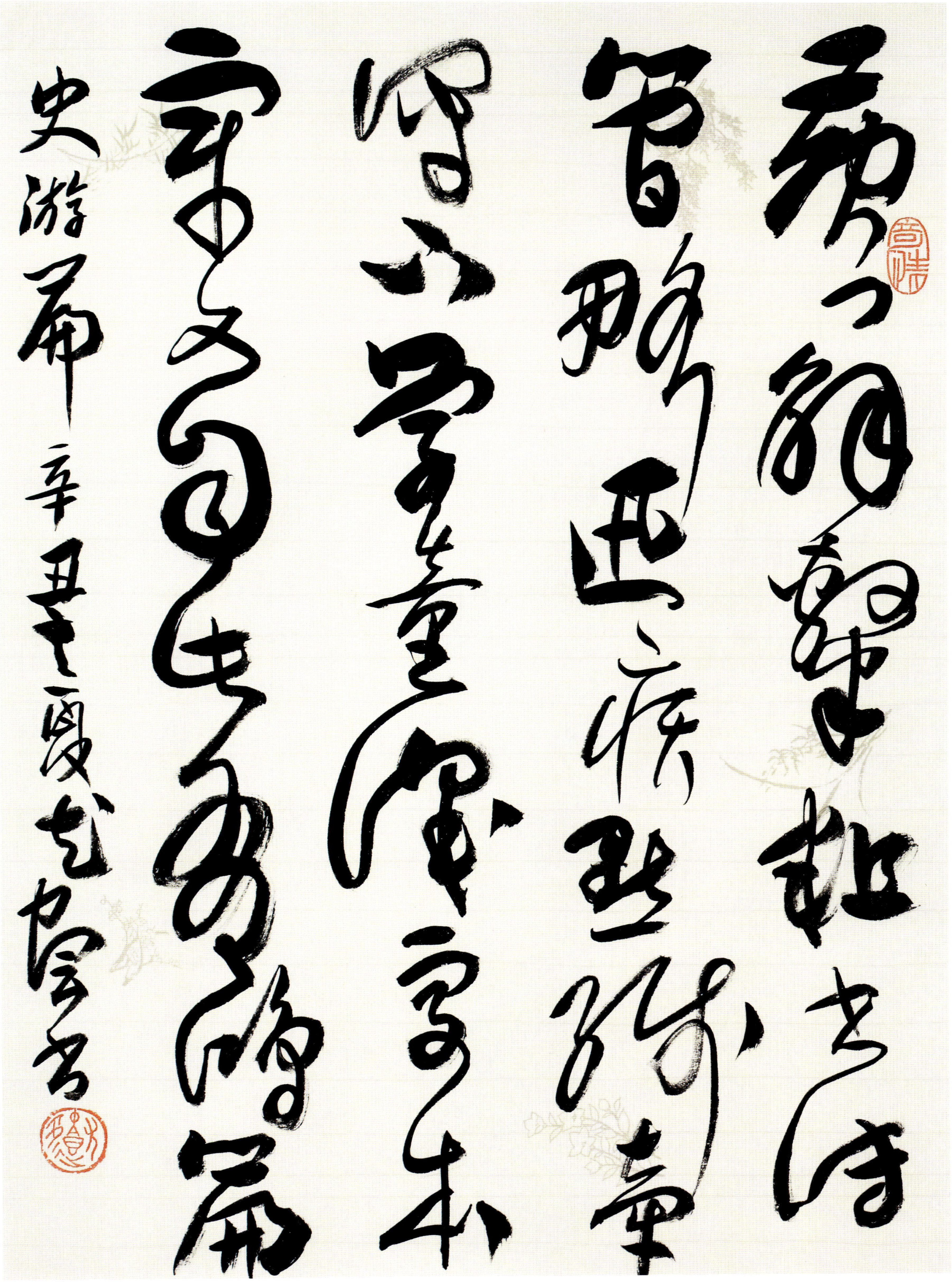

黄门解隶粗书传，
简略迅疾点线牵。
写下学童识字本，
章文自此有鸿篇。

04 说文解字规音义——东汉 许慎①

许慎像

帛简分章②两汉间，
读声韵调乱纷繁。
统规部首③形音义，
解字说文④著巨篇⑤。

[注释]

①许慎（约五八至约一四七年），字叔重，东汉汝南召陵（今河南省漯河市召陵区）姬石镇许庄村人。生性质朴厚重，自幼砺志笃学，东汉著名经学家、古文字学家。许慎前后历经二十多年时间编撰了我国历史上第一部汉字学大典《说文解字》，规范了中华汉字的部首和字形结构，统一了汉字的形、音、义。

②帛简分章：指帛书、汉简、八分、章草等书体。西汉是多体书共存的隶变期，文字的点画、部首、结构、字形、字音、字义、韵调混乱复杂，亟待统一。

③部首：汉字构字的部件，分布在汉字的不同部位，统称为偏旁部首。许慎在《说文解字》中共创立规范了五百四十个汉字偏旁部首。

④解字说文：指对汉字结构、部首、形、音、义的说解。

⑤著巨篇，指许慎的《说文解字》。

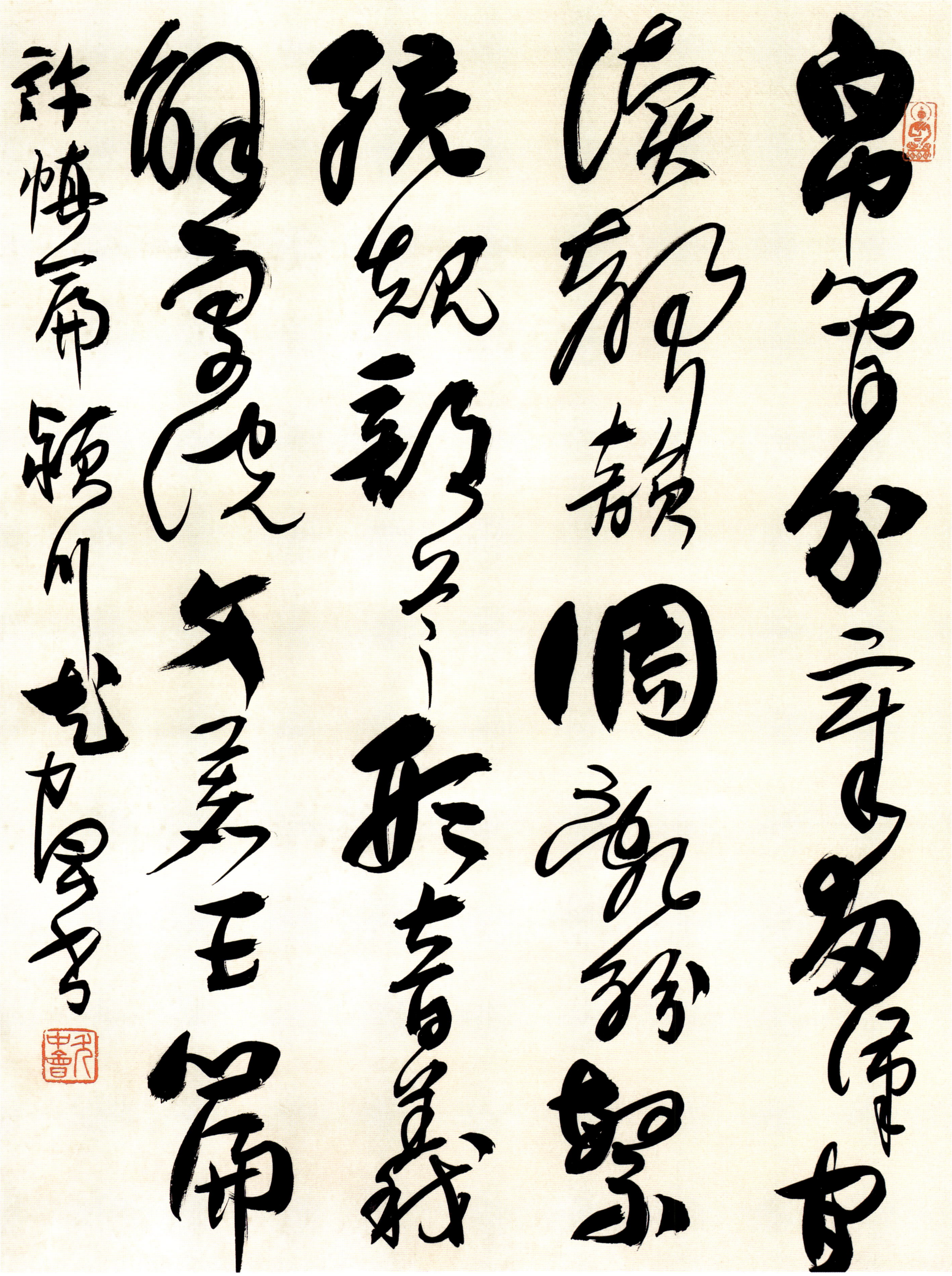

帛简分章两汉间，
读声韵调乱纷繁。
统规部首形音义，
解字说文著巨篇。

05 隶书境界隐熹平——东汉 蔡邕①

蔡邕像

高贤气骨大儒风，
博古通今正六经②。
九势③秘笈传字道，
隶书境界④隐熹平⑤。

[注释]

①蔡邕（一三三至一九二年），字伯喈，陈留郡圉县（今河南省杞县南）人。东汉名臣，文学家、书法家、音乐家。东汉大儒名士，著名才女蔡文姬之父。蔡邕才华横溢，学识渊博，精通诗词歌赋，参与续写《东观汉记》，校定六书，书刻《熹平石经》。所创『飞白』书体，对后世影响甚大。官至左中郎将，人称『蔡中郎』。汉献帝刘协初平三年（一九二年），董卓被杀后，蔡邕因在王允座上感叹而下狱，不久被害狱中，时年五十九岁。

②六经：指经孔子整理传授的六部先秦古籍，即《诗经》、《书经》、《礼记》、《易经》、《乐经》、《春秋》。

③九势：蔡邕的书法理论专著《九势》、《笔势》，被誉为『学书秘笈』。

④隶书境界：东汉蔡邕书丹并主持刻制的大型石刻《熹平石经》被称为隶书的标准字体，历史学家范文澜先生评其为『两汉书法的总结』、『隶书的最高境界』。

⑤熹平：指《熹平石经》，东汉灵帝刘宏熹平年间，由蔡邕书丹并主持刻制，刻碑四十六块，每块高一丈，宽四尺，计二十多万字，立于京都洛阳太学门外，作为当时经学古籍和官方隶书的样板。

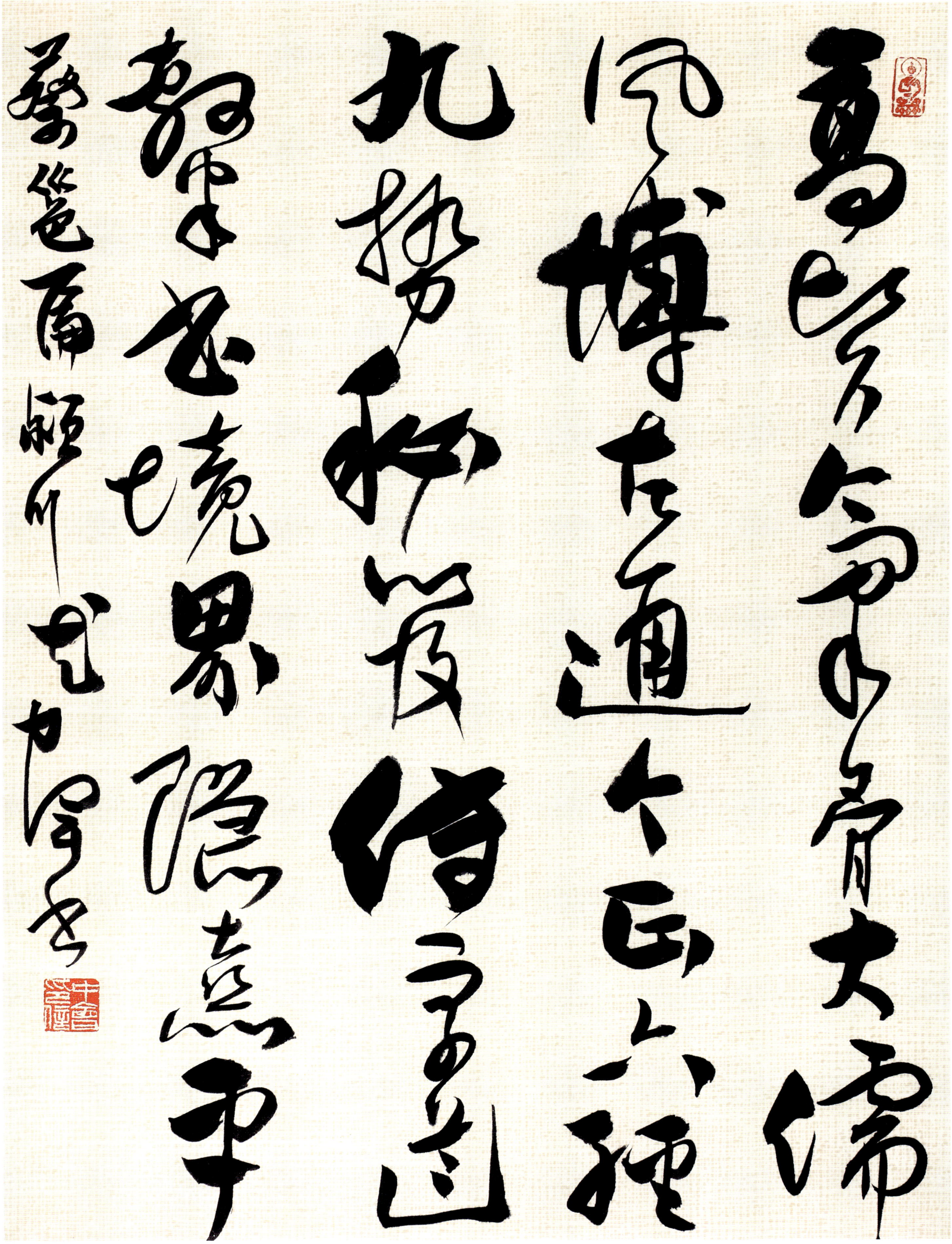

高贤气骨大儒风，
博古通今正六经。
九势秘笈传字道，
隶书境界隐熹平。

06 依章创草势连绵——东汉 张芝①

张芝像

结缘纸笔幼儿时，
挥翰习书墨染池②。
开创章文③归大草，
中华草圣④古今师。

[注释]

①张芝，生年不详，卒于汉献帝初平三年（一九二年），字伯英，敦煌郡渊泉县（今属甘肃省酒泉市瓜州县）人。东汉晚期著名书法家，擅章草，为今草书体始创者，被尊为『草书之祖』、『草圣』。

②墨染池：少年张芝勤奋好学，刻苦习书，常在家门口的池塘清洗笔砚，天长日久，池水变黑，人称『张芝墨池』。西晋卫恒赞张芝是『临池学书，池水尽墨』。后来『临池』二字逐步演为书法的代称。

③章文：指章草。

④草圣：张芝依章草创今草，将汉字从实用书写状态转化为情性书写状态，从实用领域引入艺术领域，人尊『草书之祖』、『草圣』。

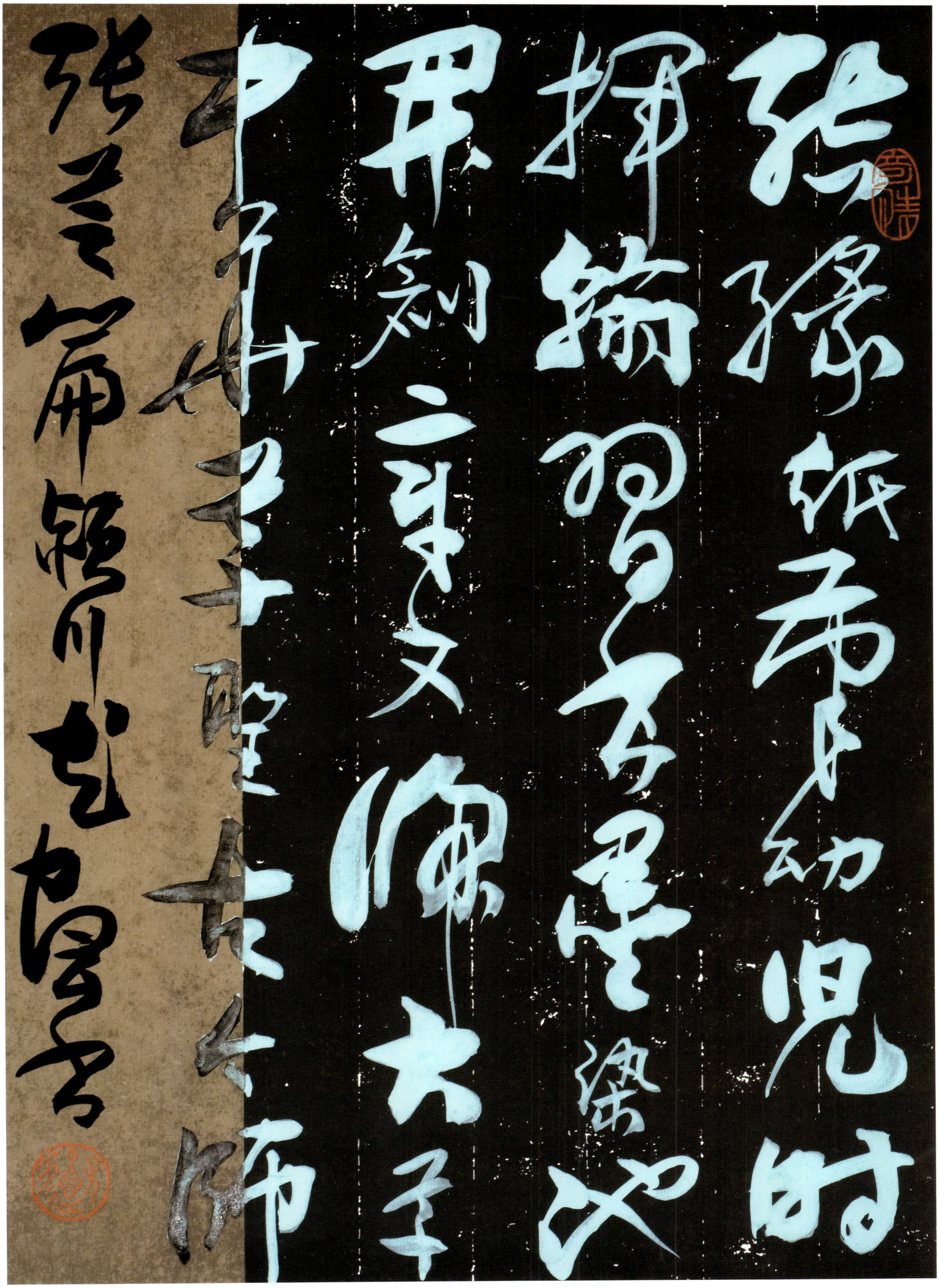

结缘纸笔幼儿时，
挥翰习书墨染池。
开创章文归大草，
中华草圣古今师。

07

隶转真书尊楷圣——东汉 钟繇①

钟繇像

师从蔡琰②秘笈③传，
以指书衣衣尽穿④。
变隶归真⑤开正体，
史尊楷圣两千年⑥。

[注释]

①钟繇（一五一至二三〇年），字元常，豫州颍川郡长社县（今河南省长葛市东）人。汉末至三国时期曹魏著名政治家、书法家。汉献帝时举孝廉，任尚书郎、黄门侍郎等职。因助汉献帝东归有功，封东武亭侯。后被曹操委以重任，拜司隶校尉，镇守关中，功勋卓著，以功累迁前军师。曹丕代汉后，任廷尉，封高乡侯，与华歆、王朗并为『三公』，名显当时。魏明帝即位后，任太傅。明帝太和四年（二三〇年），钟繇病逝，年七十九岁。

②蔡琰：蔡文姬。

③秘笈：指蔡文姬之父蔡邕的书学理论专著《九势》、《笔论》，被誉为『学书秘笈』。

④衣尽穿：钟繇习书，刻苦勤奋，常用手指在衣服上画字，天长日久，把衣服都画穿了。

⑤变隶归真：钟繇依隶书创楷书，有『五表』、『六帖』、『三碑』传世。『五表』指《宣示表》、《荐季直表》、《贺捷表》（又名《戎路表》）、《调元表》、《力命表》。『六帖』指《丙舍帖》、《还示帖》、《白骑帖》、《常患帖》、《雪寒帖》、《长风帖》，全部为临本。『三碑』指《乙瑛碑》、《上尊号碑》、《受禅表碑》，全为石刻本。其中《上尊号碑》、《受禅表碑》是为曹丕登基专门刻立，至于《乙瑛碑》，按年代推算，刻制时钟繇仅三岁，显然为误传。

⑥楷圣：钟繇被后世尊为『楷书之祖』、『楷圣』。

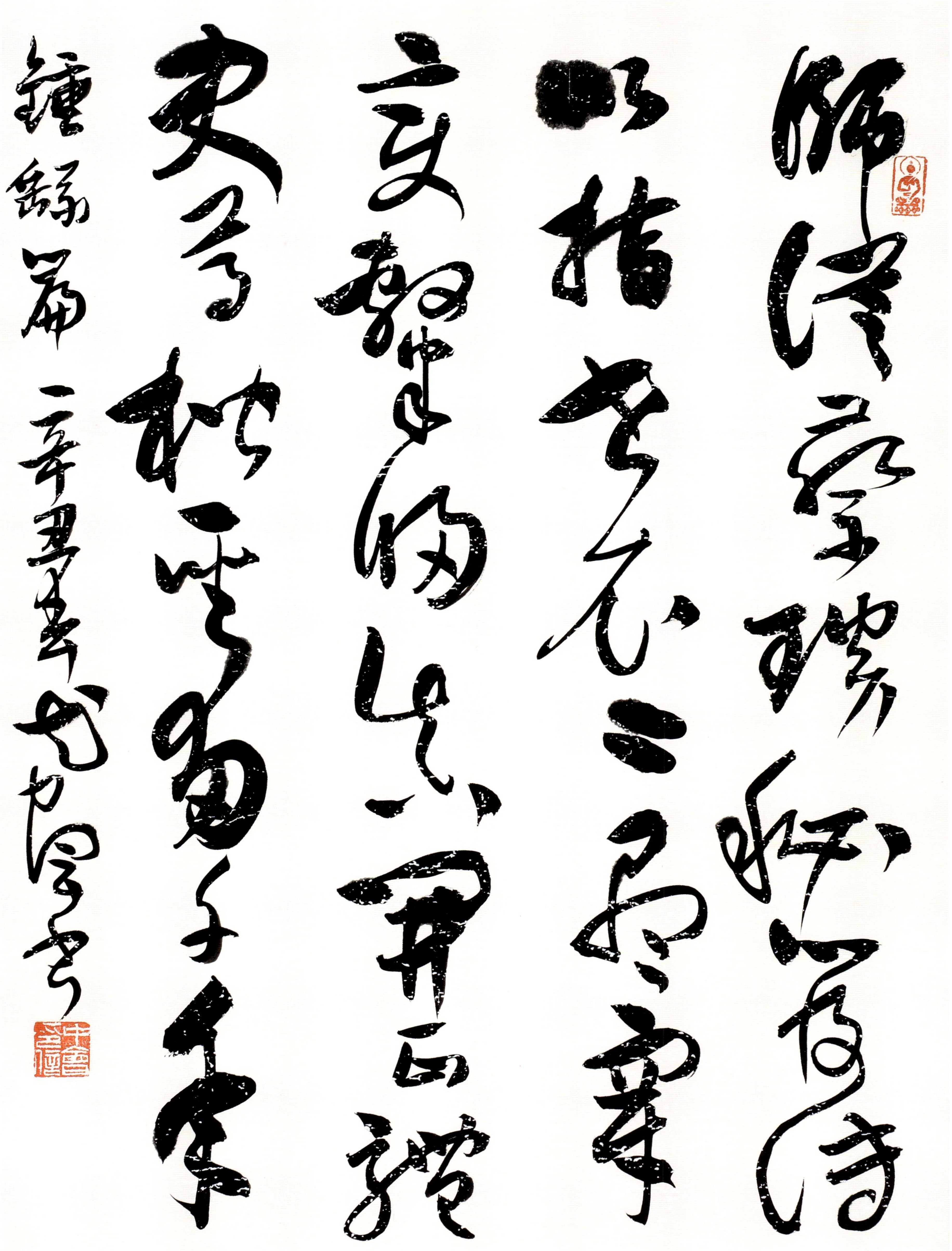

师从蔡琰秘笈传，
以指书衣衣尽穿。
变隶归真开正体，
史尊楷圣两千年。

皇象像

08

天碑神助气森严——三国 皇象①

温润含蓄上古风，
章书规范赖休明②。
谶碑③自有天神助，
绝险奇崛盖世惊。

[注释]

①皇象（生卒年不详），字休明，三国（吴）广陵江都（今江苏省扬州市）人，官至侍中、青州刺史。善小篆、八分，尤擅章草，妙入神品，时有『书圣』之称。皇象的书法与当时郑妪的善相、刘敦的星象、曹不兴的绘画、严子卿的棋艺、吴范的候风气、赵达的算术、宋寿的占梦并称『吴中八绝』。

②休明：皇象，字休明。他在《急就章》中规范了章草字体。皇象的《急就章》长达一千三百九十四字，可谓洋洋大观，被称为古章草经典代表之作，至今仍被视为研习章草的最佳范本。

③谶碑：指皇象书写的三国东吴刻石《天发神谶碑》。天玺元年（二七六年）七月，东吴末帝孙皓为维护其统治地位，制造『天命永归大吴』的舆论，伪称『天降瑞符』，故刻石诏示，又名《天玺纪功碑》。碑字为阴刻，计二十一行，二百二十四字。篆书结构，隶书用笔，非篆非隶，铦厉奇崛，似有神助，古奥惊世，褒贬不一。

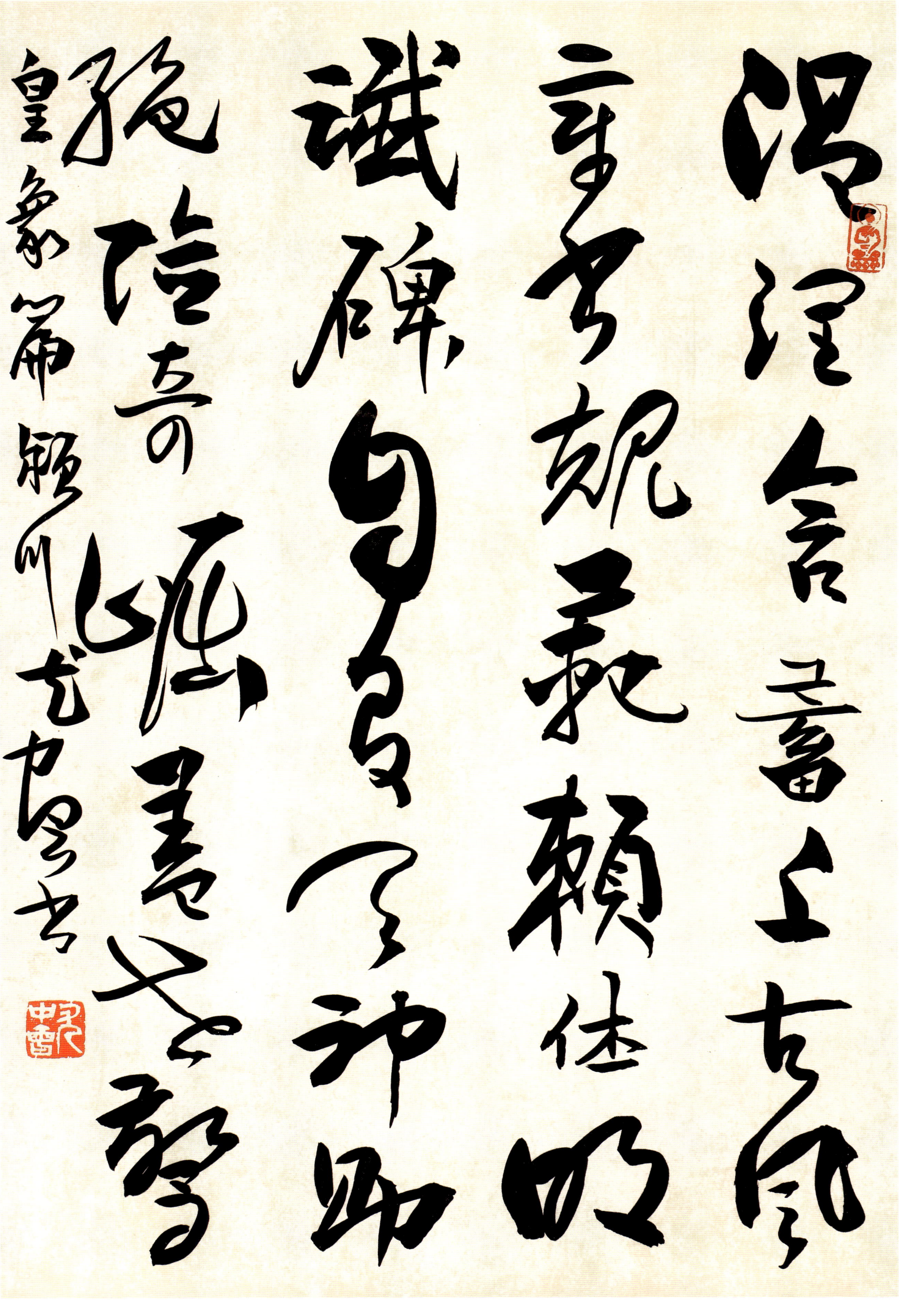

温润含蓄上古风，
章书规范赖休明。
谶碑自有天神助，
绝险奇崛盖世惊。

09

银钩虿尾出师颂——西晋 索靖①

索靖像

诗文华翰震文坛，
为国捐躯战乱间。
虿尾银钩②章草墨，
出师一颂③代承传。

[注释]

①索靖（二三九至三〇三年），字幼安。敦煌郡龙勒县（今甘肃省敦煌市西南）人。西晋将领、著名书法家。索靖出身世宦家族，历任州别驾、驸马都尉、尚书郎，在尚书台任职多年。后任雁门太守，迁任鲁国相、酒泉太守等职。晋惠帝太安二年（三〇三年），河间王司马颙举兵进攻洛阳，长沙王司马乂奉朝廷之命封索靖为使持节、监洛城诸军事、游击将军，率领雍、秦、凉三州义军与司马颙军交战，大破其军。不幸的是，年迈的索靖在这场战斗中身受重伤，最终不治去世，享年六十四岁。

②虿尾银钩：『银钩虿尾』为汉语成语，语出南朝（齐）王僧虔《论书》。虿尾，原指蝎子的尾巴，上卷成乙字形，末端有毒针。索靖自名其字为『银钩虿尾』，比喻书法钩尾遒劲有力。

③出师一颂：指索靖章草书法名作《出师颂》。

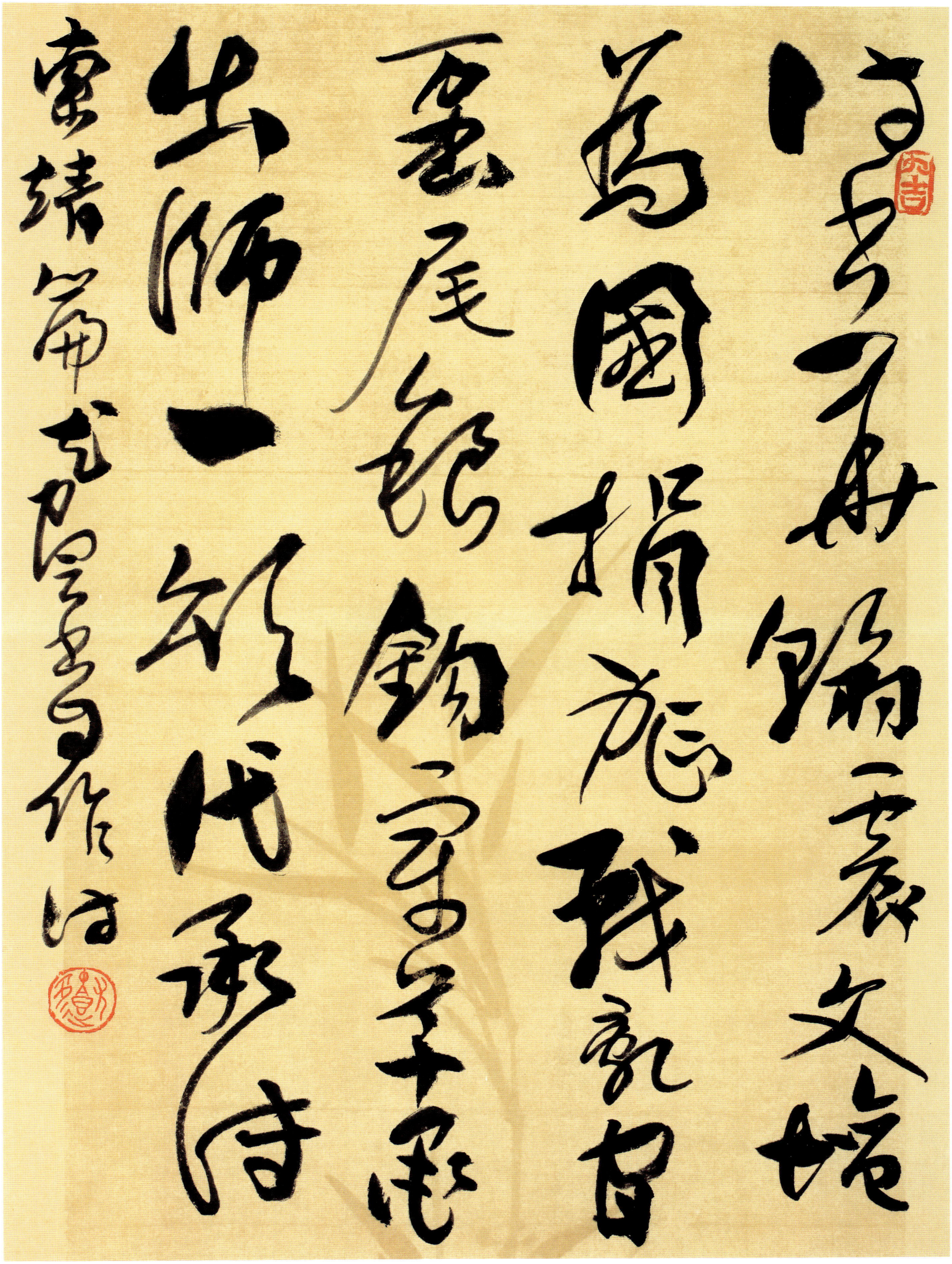

诗文华翰震文坛，
为国捐躯战乱间。
蚕尾银钩章草墨，
出师一颂代承传。

10

平复墨华称帖祖——西晋　陆机①

陆机像

才华盖世法书精，
遭忌杀身②战乱中。
写下中华平复帖③，
章风篆韵④墨苍雄。

[注释]

①陆机（二六一至三〇三年），字士衡，吴郡吴县（今江苏省苏州市）人。西晋著名文学家、书法家。出身吴郡陆氏，为三国孙吴丞相陆逊之孙、大司马陆抗第四子，与其弟陆云合称『二陆』，又与顾荣、陆云并称『洛阳三俊』。

②遭忌杀身：陆机恃才傲物，在八王内乱中，恩怨颇多，遭人猜忌。太安二年（三〇三年），陆机任后将军、河北大都督，率军讨伐长沙王司马乂，结果大败于七里涧，最终遭谗言遇害，年仅四十二岁，被夷三族。

③平复帖：西晋陆机墨迹，是目前我国第一件流传有绪的法帖墨迹本。

④章风篆韵：《平复帖》为章草向今草过渡时期的作品，既有篆书的高古韵致，又含章草的洒脱风神。

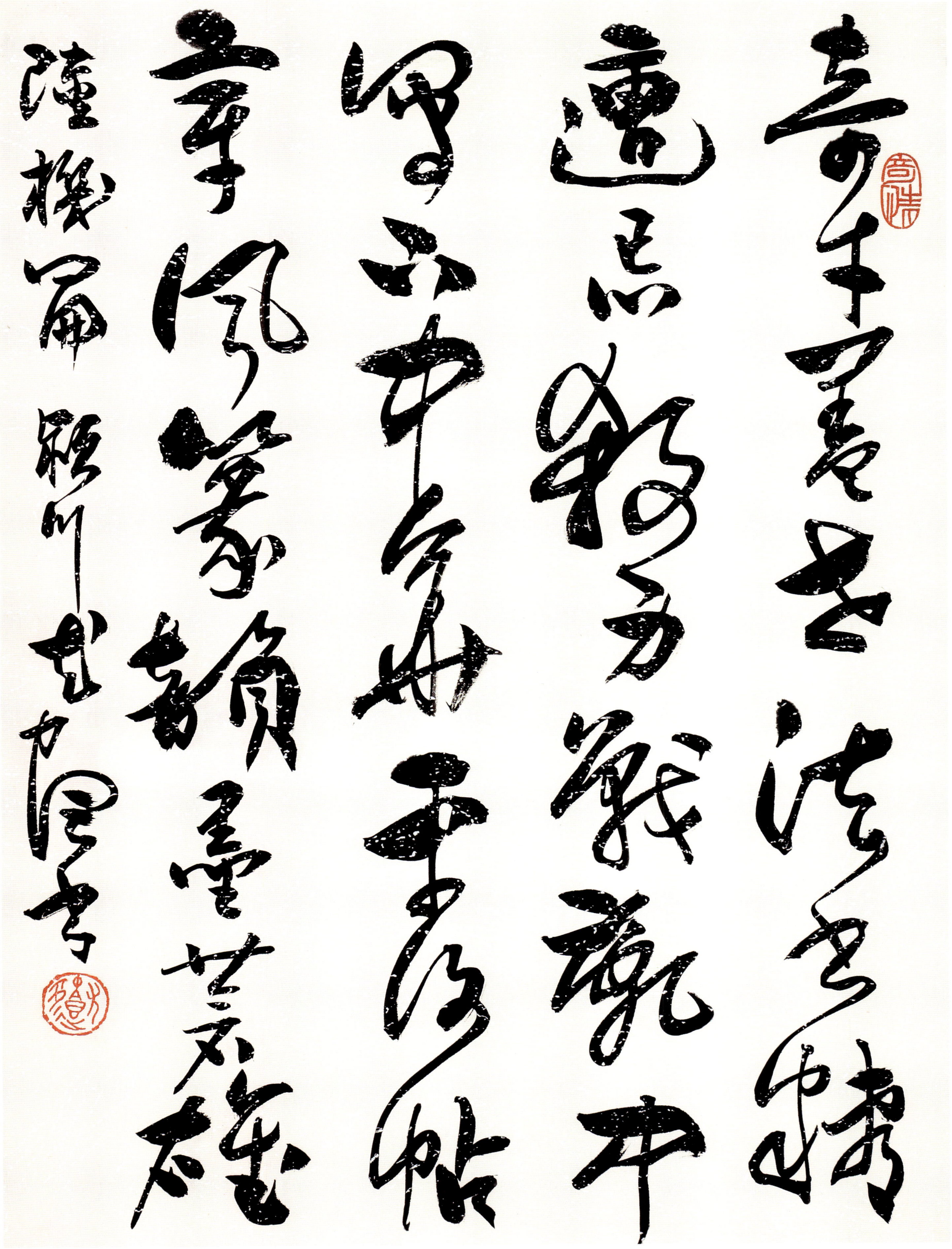

才华盖世法书精，
遭忌杀身战乱中。
写下中华平复帖，
章风篆韵墨苍雄。

11 美女登台说笔阵——西晋 卫铄①

卫铄像

师承太傅②继家风，
逸少③习书卫启蒙④。
洒落飘飏说笔阵⑤，
簪花小楷⑥似冰清。

[注释]

①卫铄（二七二至三四九年），名铄，字茂漪，河东安邑（今山西省夏县）人。西晋书法家、书法理论家。廷尉卫展之女，书法家卫瓘的侄女，卫恒的堂妹，汝阴太守李矩之妻，世称卫夫人。自幼受家族书法影响，承钟繇『五表』、『六帖』之风，写一手漂亮的『簪花小楷』，著有书论《笔阵图》一卷。她是书圣王羲之幼年习书的启蒙老师。东晋穆帝永和五年（三四九年），卫夫人去世，时年七十七岁，葬于浙江嵊州。

②太傅：指『楷书之祖』钟繇。

③逸少：书圣王羲之，字逸少。

④卫启蒙：卫夫人是王羲之的书法启蒙老师。

⑤笔阵：卫夫人的书法理论专著《笔阵图》。

⑥簪花小楷：卫夫人擅小楷，字风清秀灵动，娴雅婉丽。唐人韦续赞其『如插花舞女，低昂芙蓉；又如美女登台，仙娥弄影；又若红莲映水，碧沼浮霞』。也有人赞为『碎玉壶之冰，烂瑶台之月，宛然芳树，穆若清风』。史有『簪花小楷』之誉。

师承太傅继家风，
逸少习书卫启蒙。
洒落飘飏说笔阵，
簪花小楷似冰清。

12 钟张互汇启王风——东晋 王导①

王导像

贤相名臣②辅政勤，
开国后晋③奠基人。
章书转草④思书变，
华美俊朗启古今。

[注释]

①王导（二七六至三三九年），字茂弘，小字赤龙、阿龙。琅琊临沂（今山东省临沂市）人。东晋著名政治家、书法家。他是书圣王羲之的伯父，书法家王珣的祖父。王导辅政三朝，为东晋政权奠基人之一，也是东晋王氏书风的开启者。

②贤相名臣：王导在西晋内忧外患即将灭亡之际，极力劝导琅琊王司马睿南迁建邺（今江苏省南京市），复兴朝纲，在他的积极谋划下，东晋王朝建立，王导成为开国重臣。之后，王导连续辅佐东晋元帝司马睿、明帝司马绍、成帝司马衍三朝，拜为丞相，史称晋中兴名臣之最。

③后晋：即东晋。

④章书转草：王导处于章书转今草的变革时代，他取法张芝草书和钟繇楷书之法，融汇贯通，自立面目。他的《省示帖》与陆机的《平复帖》相比，显得潇洒流落、华美俊朗，明显地继承了张芝《冠军帖》的风格，正是草书向行书转换时期的代表作。

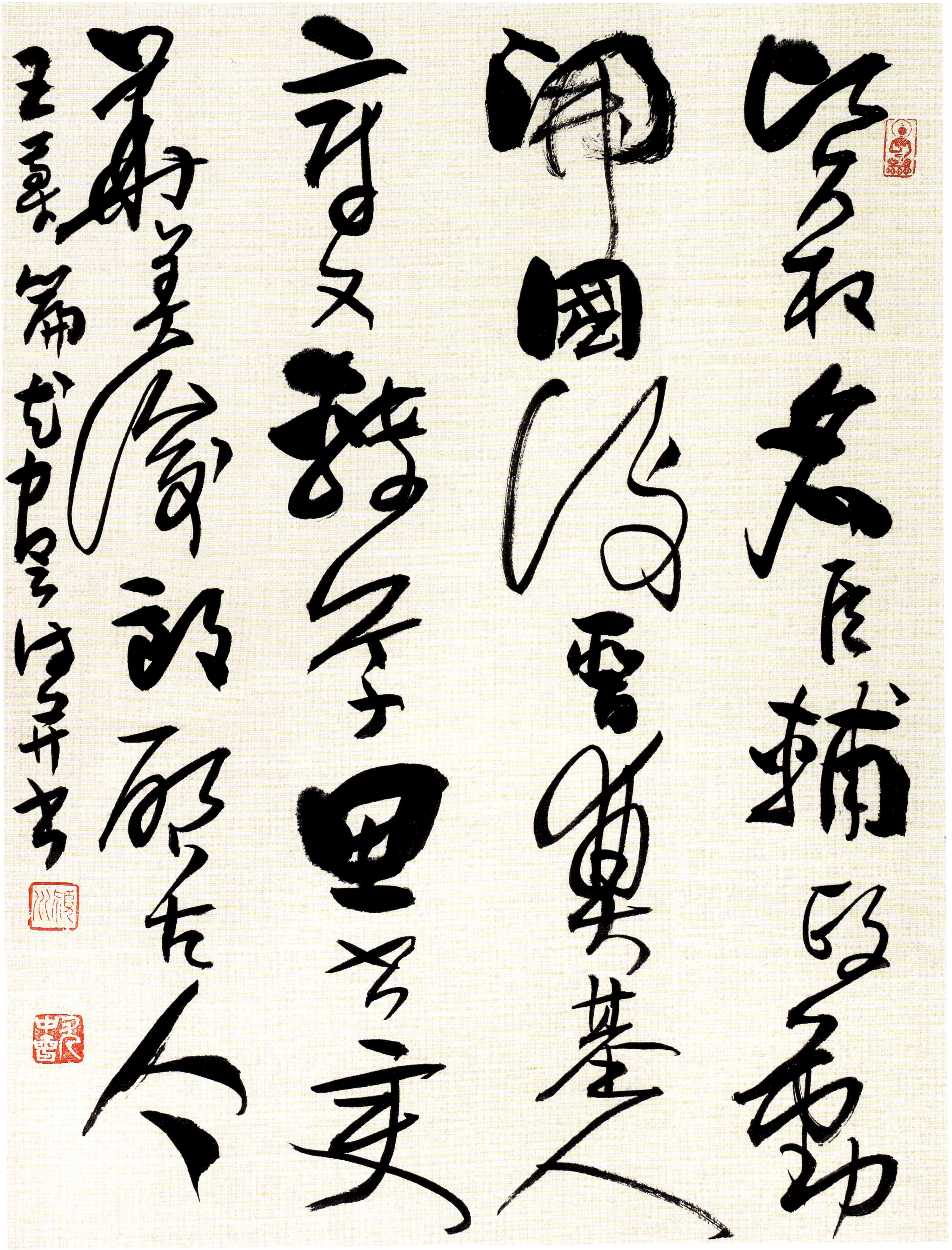

贤相名臣辅政勤，
开国后晋奠基人。
章书转草思书变，
华美俊朗启古今。

13 曲水兰亭传圣墨——东晋 王羲之①

王羲之像

仰秦慕汉步张钟②，
潇洒从容晋士风。
千载临河③留一序④，
行书第一拜兰亭。

[注释]

①王羲之（三〇三至三六一年，一说三二一至三七九年），字逸少，琅琊临沂（今山东省临沂市）人。出身于魏晋名门琅琊王氏书法世家，伯父王导、儿子王献之、侄子王珣都是中国历史上影响深远的书法大家。王羲之的行书代表作《兰亭集序》被誉为『天下第一行书』。在中国书法史上，与其子王献之合称『二王』，与楷书之祖钟繇并称『钟王』，被后人尊为『书圣』。

②步张钟：步，追随，效法。张，指东汉『草圣』张芝。钟，指汉末『楷圣』钟繇。

③临河：东晋永和九年（三五三年）暮春之初，王羲之率众高贤于浙江绍兴兰亭举行修禊活动，临河而坐，曲水流觞，诗酒唱酬，集诗为卷，推王羲之作序。他乘着酒兴，以鼠须笔、蚕茧纸写下了天下第一行书《兰亭集序》。人们称这次雅集为『兰亭雅集』，亦称『临河雅集』，故《兰亭集序》又名《临河序》。

④一序：指书圣王羲之的《兰亭集序》。

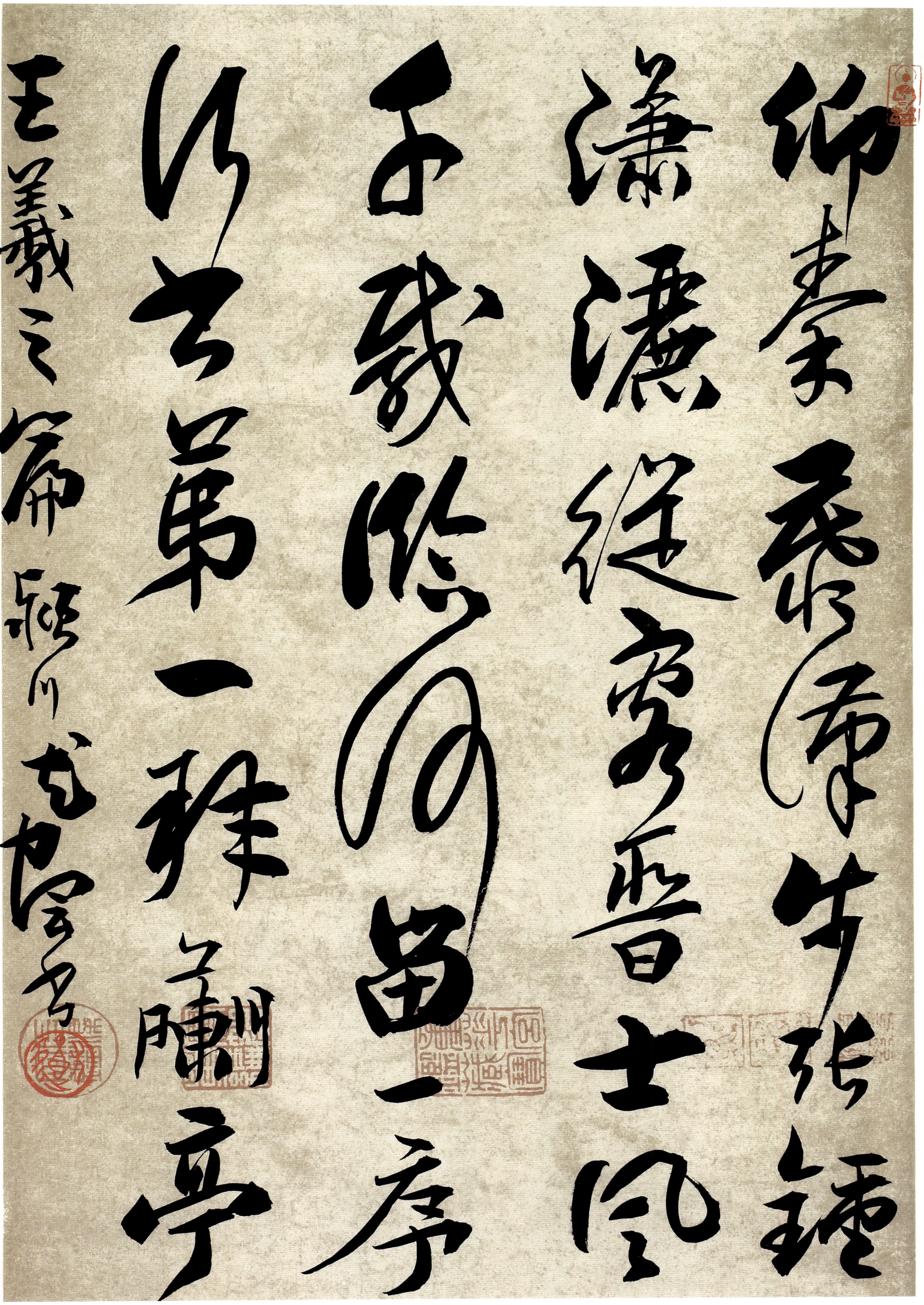

仰秦慕汉步张钟，
潇洒从容晋士风。
千载临河留一序，
行书第一拜兰亭。

14

中秋帖韵胜群芳——东晋 王献之①

王献之像

幼继家学②纳众长，
习书写水十八缸③。
洒脱率意出新妙，
与父齐名并二王④。

[注释]

①王献之（三四四至三八六年），字子敬，小名官奴，祖籍琅琊临沂（今山东省临沂市），生于会稽山阴（今浙江省绍兴市）。『书圣』王羲之第七子，东晋官员、诗人、书法家。历任州主簿、秘书郎、司徒左长史、吴兴太守、中书令等职，为与族弟中书令王珉区分，人称『大令』。先娶郗昙之女郗道茂为妻，后被选为新安公主司马道福的驸马，屡辞不准，成为晋简文帝司马昱之婿，无奈与妻郗道茂离婚。王献之当时为避娶新安公主，长期服散致疾，又曾灸足，落下后遗症。晋孝武帝司马曜太元十一年（三八六年），王献之病逝，年仅四十二岁。

②家学：指东晋王氏家族的家传之学。王氏家族为书法世家，王献之幼承家学，自幼从父读书习字。

③十八缸：王献之少年勤奋习书，传曾磨墨用水十八缸。

④并二王：在中国书法史上，王献之与父王羲之并称『二王』。代表作有《中秋帖》、《洛神赋十三行》、《新妇帖》、《鸭头丸帖》等。

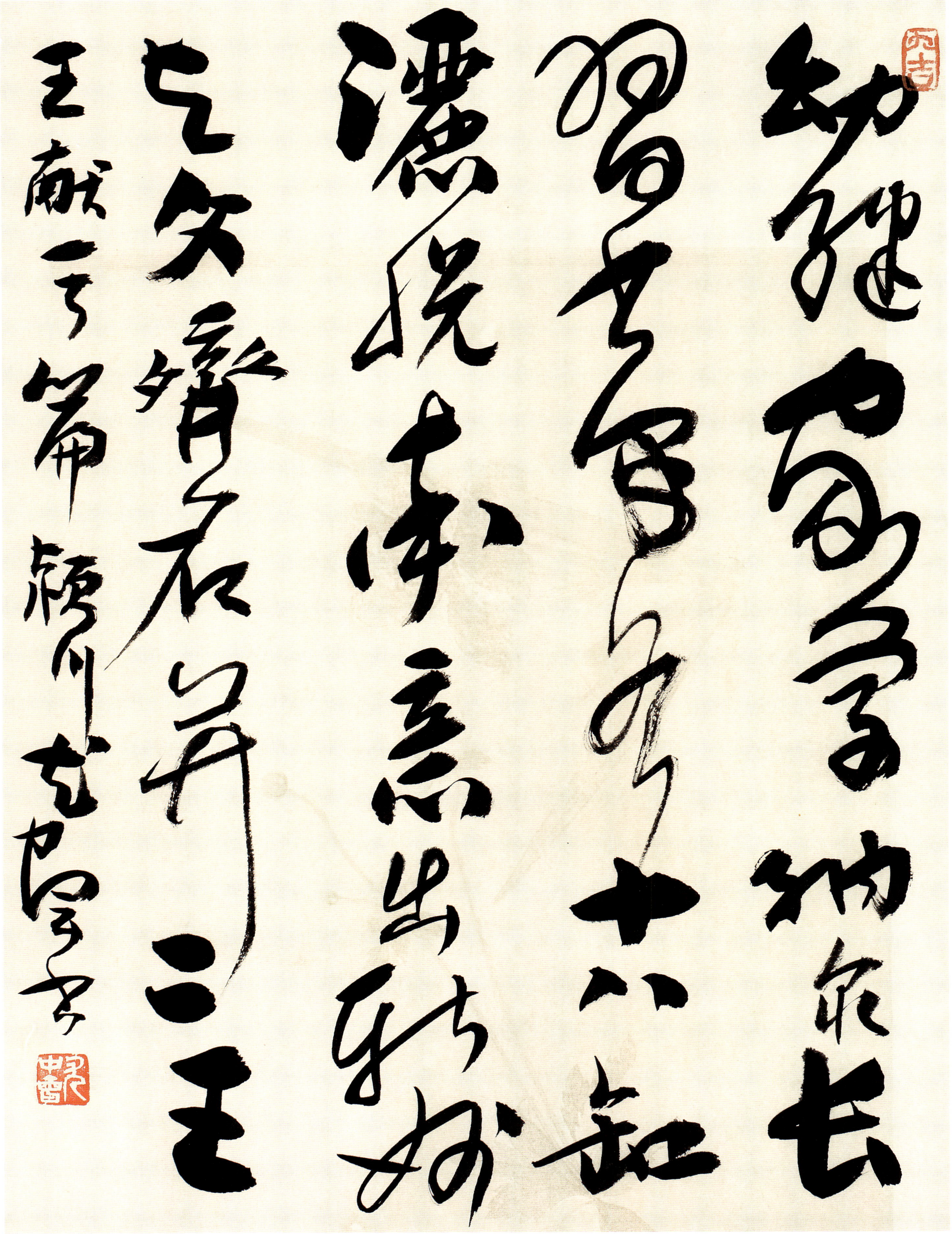

幼继家学纳众长，
习书写水十八缸。
洒脱率意出新妙，
与父齐名并二王。

15 疏朗古淡尊伯远——东晋 王珣①

王珣像

伯远②缘随一信成③，
龙髓凤骨二王风。
清澄雅健开新境，
古淡④疏朗气不同。

[注释]

①王珣（三四九至四〇〇年），字元琳，小字法护，祖籍琅琊临沂（今山东省临沂市）。东晋丞相王导之孙，中领军王洽之子，东晋大臣、书法家。王珣出身于琅琊王氏，曾任黄门侍郎、秘书监，官尚书左仆射，加征虏将军，领太子詹事，迁尚书令。司马道子征讨王恭时为卫将军、都督琅琊水陆军事、假节，平乱后加散骑常侍。晋安帝司马德宗隆安四年（四〇〇年），王珣病卒，年五十一岁。

②伯远：指王珣《伯远帖》。

③一信成：《伯远帖》是王珣写给时任临海（今浙江省台州市）太守的堂兄弟王穆（字伯远）的一封信，故名《伯远帖》。

④古淡：明董其昌评《伯远帖》是『潇洒古淡，东晋风流，宛然在眼。』

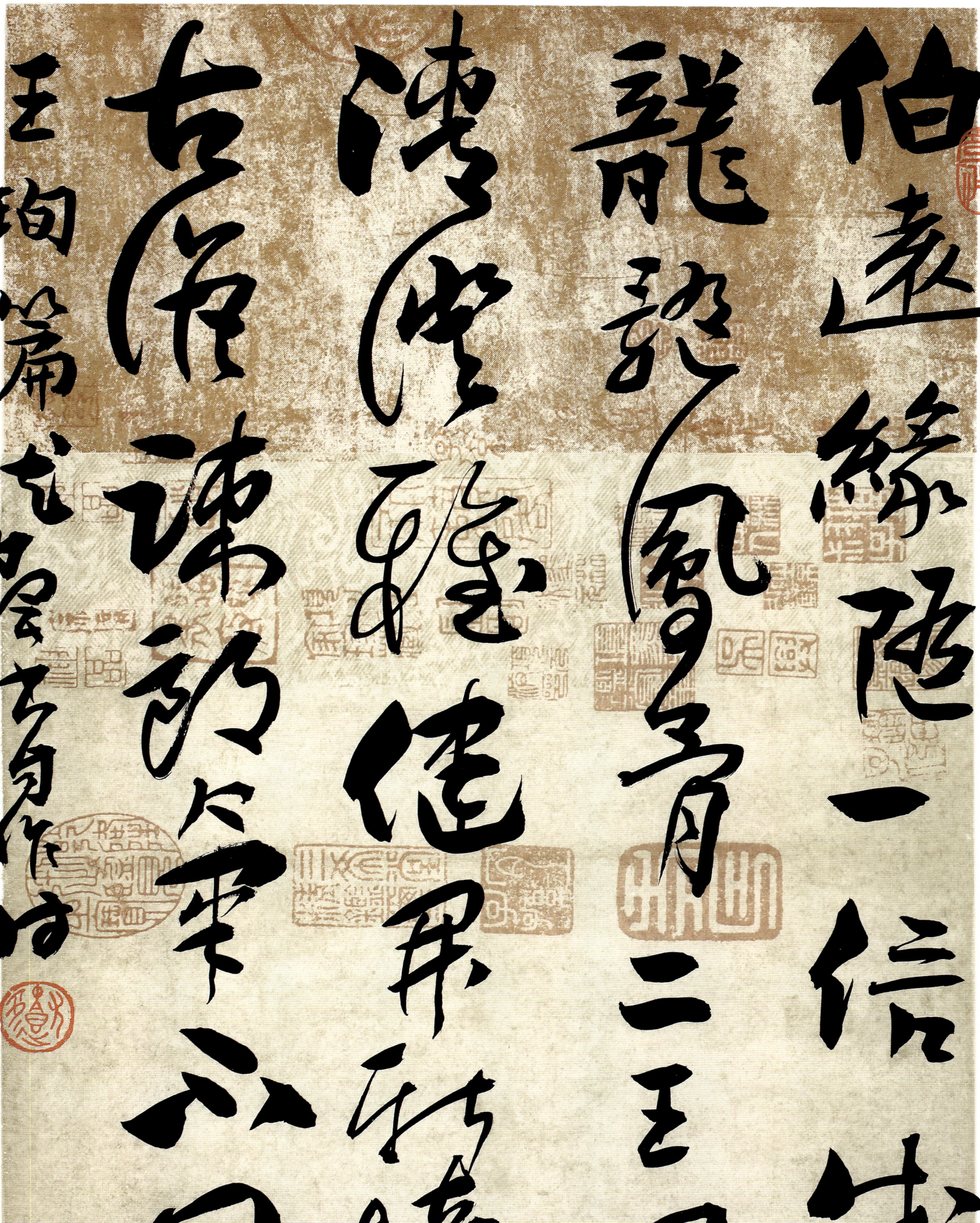

伯远缘随一信成，
龙髓凤骨二王风。
清澄雅健开新境，
古淡疏朗气不同。

16

摩崖巨刻屹碑冠——北魏　郑道昭①

郑道昭像

自幼勤学浸汉风②，
兼融篆隶铸新容。
雄浑肃穆苍茫韵，
北魏摩崖第一宗③。

[注释]

①郑道昭（约四五五至五一六年），字僖伯，自署中岳先生，司州荥阳开封（今河南省开封市）人。北魏诗人、书法家。郑道昭少而好学，博览群书，曾入中书学，入仕即任秘书郎，很受北魏孝文帝拓跋弘信任。北魏宣武帝永平三年（五一〇年）任光州刺史，延昌二年（五一三年）转任青州刺史，后入朝任秘书监。郑道昭为洛派书家代表人物，他书写的《郑文公碑》被尊为『魏碑之冠』，因此郑道昭有『北方书圣』之称。北魏孝明帝熙平元年（五一六年），郑道昭暴病而亡，时年六十一岁。

②汉风：指汉代书风，《郑文公碑》取法汉末钟繇隶书《受禅表》。

③第一宗：《郑文公碑》为北魏摩崖石刻，分上下两碑，上碑在山东平度天柱山，下碑在山东莱州云峰山，史称『魏碑之冠』，其学术价值位居魏碑之首，故称魏碑『第一宗』。

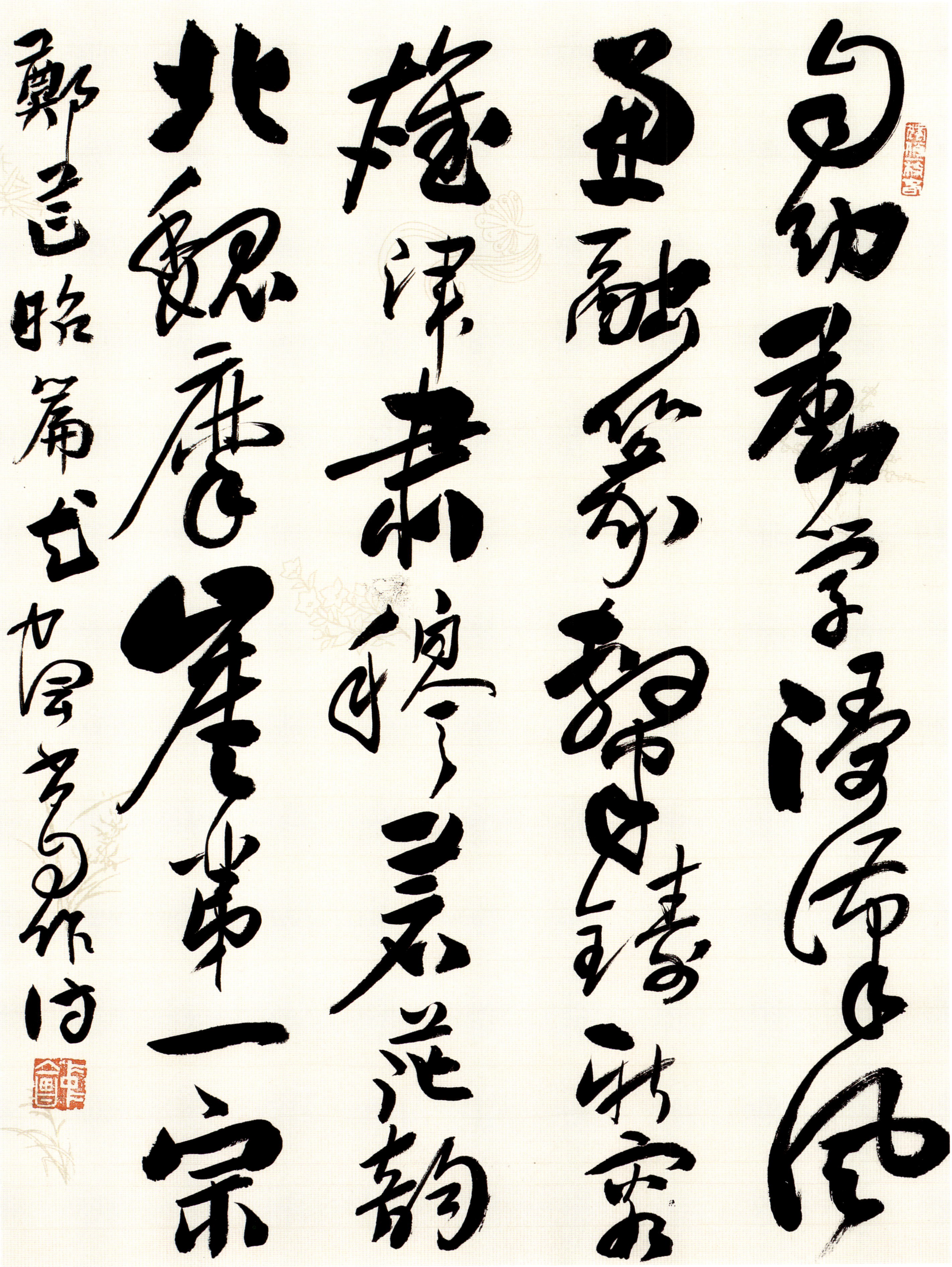

自幼勤学浸汉风，
兼融篆隶铸新容。
雄浑肃穆苍茫韵，
北魏摩崖第一宗。

17

兰亭气质化千文——隋 智永①

智永像

古寺阁楼②隐翰珍③，
潜心苦写几十春。
千文妙墨④藏禅韵，
永字八诀⑤世代遵。

[注释]

①智永（生卒年不详），南朝（梁）至隋朝间人，祖籍山东琅琊（今山东省临沂市），生于会稽山阴（今浙江省绍兴市）。本名王法极，字智永，号『永禅师』。他是书圣王羲之第五子王徽之之后，王羲之第七世孙，山阴永欣寺僧。智永以先祖王羲之书法为宗，妙传家法，尤工真草。智永书法真迹有《真草千字文》、《归田赋》等，其中以《真草千字文》最佳，流传至今，弥足珍贵。他潜心研究楷书笔法，始创『永字八法』，直到今天依然是习书经典教材。传智永高寿，百岁乃终。

②古寺阁楼：古寺，指浙江湖州云门寺（后改名永欣寺）。阁楼，指智永在云门寺修建的藏书楼。

③隐翰珍：隐，秘密收藏。翰珍，指智永保存的先祖王羲之《兰亭集序》真迹本，密藏于云门寺阁楼中。智永深居简出，苦苦临写近三十年，终成大家。

④千文妙墨：指智永书写的《真草千字文》。传智永曾书写《真草千字文》八百余本，分发浙东诸寺，供弟子们传抄学习。

⑤永字八诀：指智永的『永字八法』。

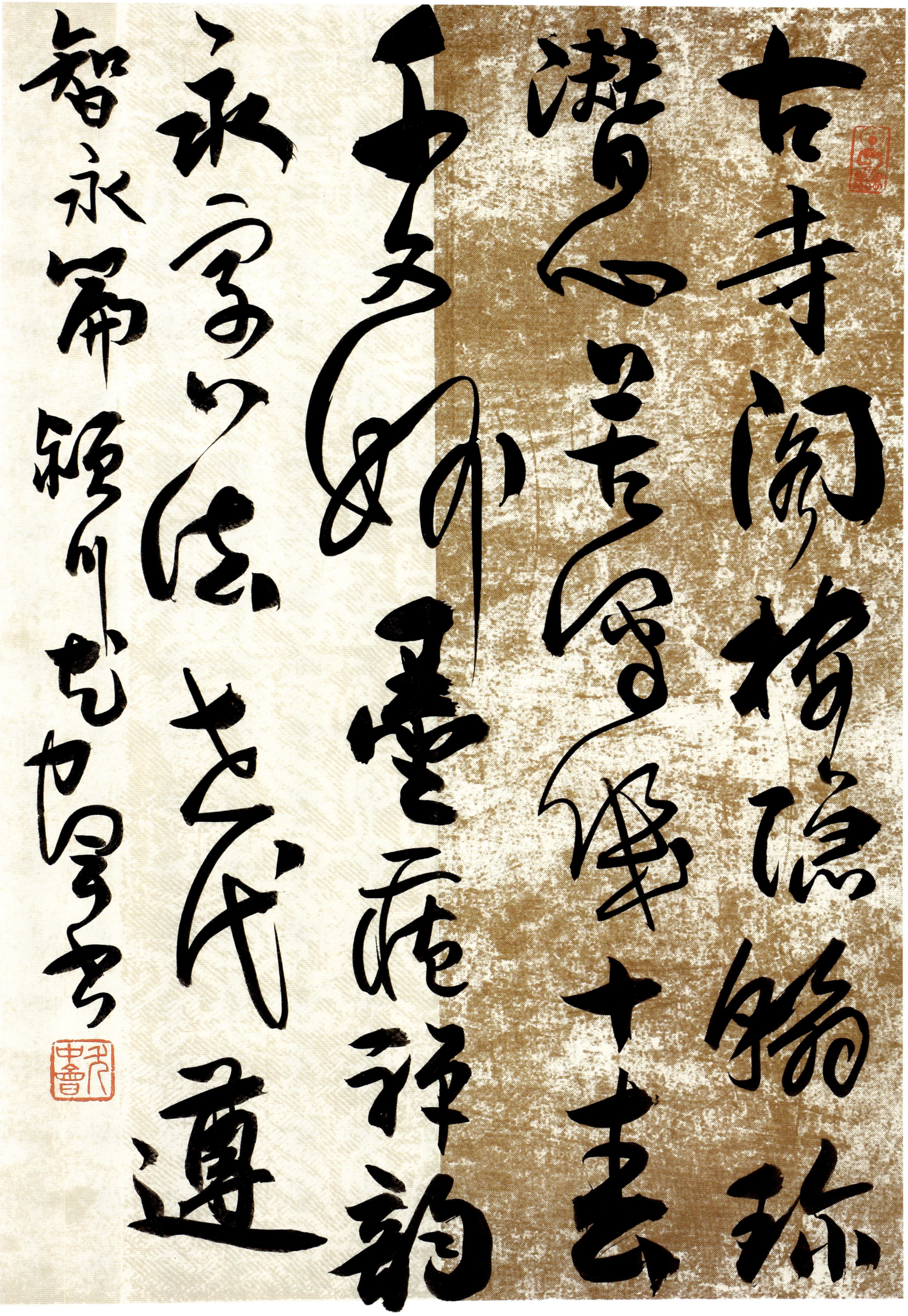

古寺阁楼隐翰珍，
潜心苦写几十春。
千文妙墨藏禅韵，
永字八诀世代遵。

18

隶逸魏方铸九宫——唐 欧阳询①

欧阳询像

隶逸②魏方③隐字间，
端庄肃穆气森严。
九宫化度④开新卷，
史上真书折桂冠⑤。

[注释]

①欧阳询（五五七至六四一年），字信本，祖籍潭州临湘（今湖南省长沙市）。唐朝官员，官至太子率更令，故人称『欧阳率更』，著名书法家、书法理论家。与同代的虞世南、褚遂良、薛稷并称『初唐四大家』。又与颜真卿、柳公权、赵孟頫并称史上『楷书四大家』。后人以其书平正中见险绝而称为『欧体』。

②隶逸：隶书横画起笔藏锋如蚕头，末端呈燕尾式出锋飞出，撇捺一波三折，笔势奇纵飘逸。

③魏方：北魏石刻多方笔，奇险方峻。

④九宫化度：指欧阳询正书代表作《九成宫醴泉铭》和《化度寺碑》。

⑤折桂冠：折，夺取、摘取、取得。桂冠，指用月宫桂树枝条编成的帽子，亦指王冠、皇冠、冠军等，折桂冠意为夺得第一。科举时代中夺得状元称为折冠或『蟾宫折桂』，即杰出和胜利的象征。欧阳询正书有『唐人楷书第一』之美称，故称『折桂冠』。

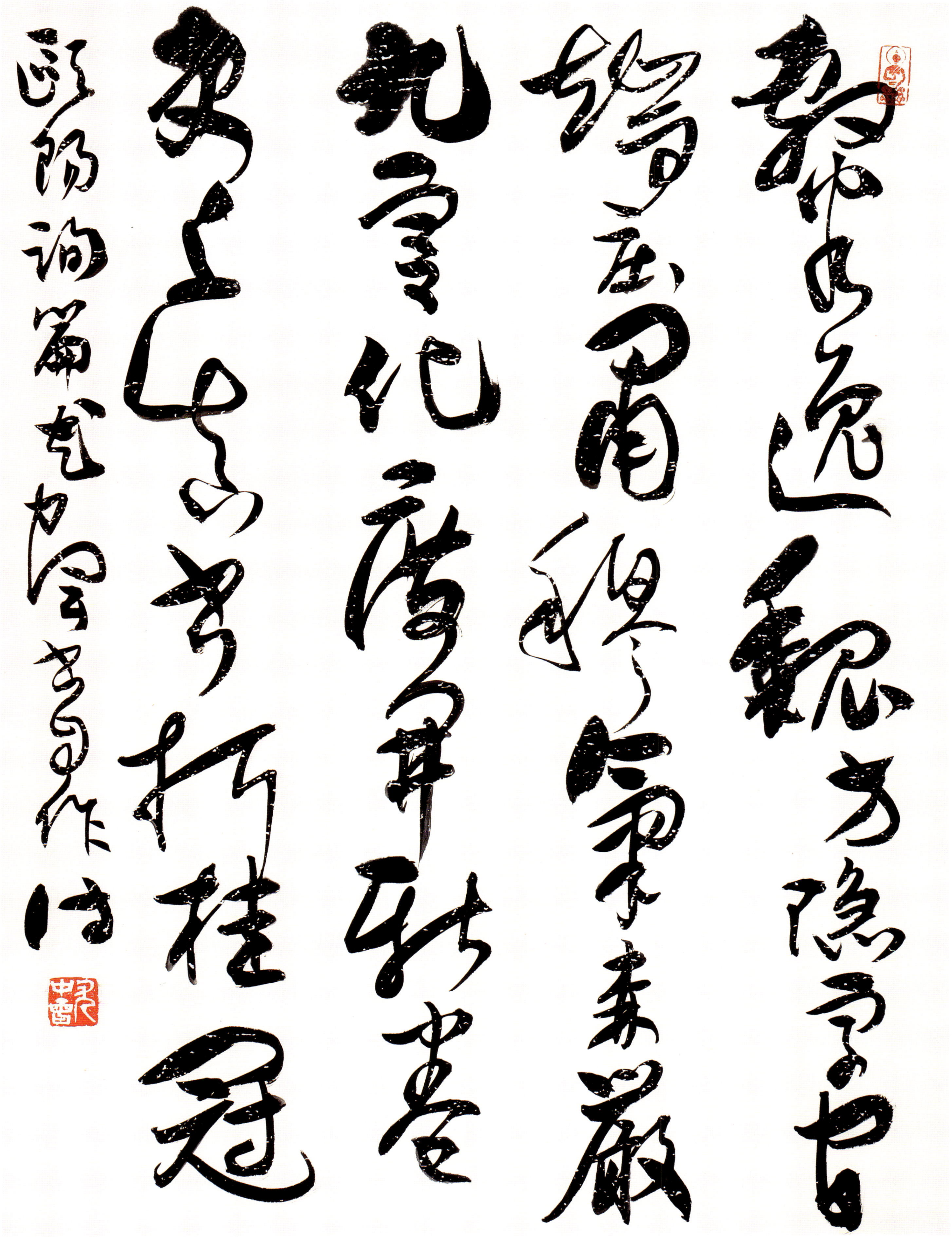

隶逸魏方隐字间，
端庄肃穆气森严。
九宫化度开新卷，
史上真书折桂冠。

19

墨露诗华声自远——唐 虞世南①

虞世南像

直言敢谏气忠真，
寡欲清高似露纯②。
翰墨奇书③声自远，
诗华妙韵④见风神。

[注释]

①虞世南（五五八至六三八年），字伯施，越州余姚（今浙江省慈溪市观海卫镇鸣鹤场）人。南陈太子中庶子虞荔之子，隋朝内史侍郎虞世基之弟。唐代书法家陆柬之的舅父，南陈至隋唐时期政治家、文学家、诗人、书法家。『弘文馆十八学士』之一，『凌烟阁二十四功臣』之一。被唐太宗李世民尊为『德行、忠直、博学、文词、书翰』五绝。贞观十二年（六三八年），虞世南去世，终年八十岁。

②寡欲清高似露纯：虞世南性格寡欲清高，敢于直谏，其清正人品犹如朝露般的纯净透明。

③翰墨奇书：指虞世南传世书法作品。楷书有《孔子庙堂碑》、《破邪论》，行书有《汝南公主墓志铭》、《摹兰亭序》等。古人评其书为『萧散洒落，真草惟命，如罗绩娇春，鹤鸿戏沼』。黄庭坚有『虞书庙堂贞观刻，千两黄金那购得』诗句赞誉。

④诗华妙韵：虞世南的诗格调清澄，气韵高华，托物寓意，入微传神。咏《蝉》诗为其代表诗作：『垂緌饮清露，流响出疏桐。居高声自远，非是藉秋风』。写蝉栖高饮露，因声高而自远，非秋风以传播。歌颂了蝉的孤高傲世和洁身自好，暗喻人之高洁清远和高标自信的处世品格。

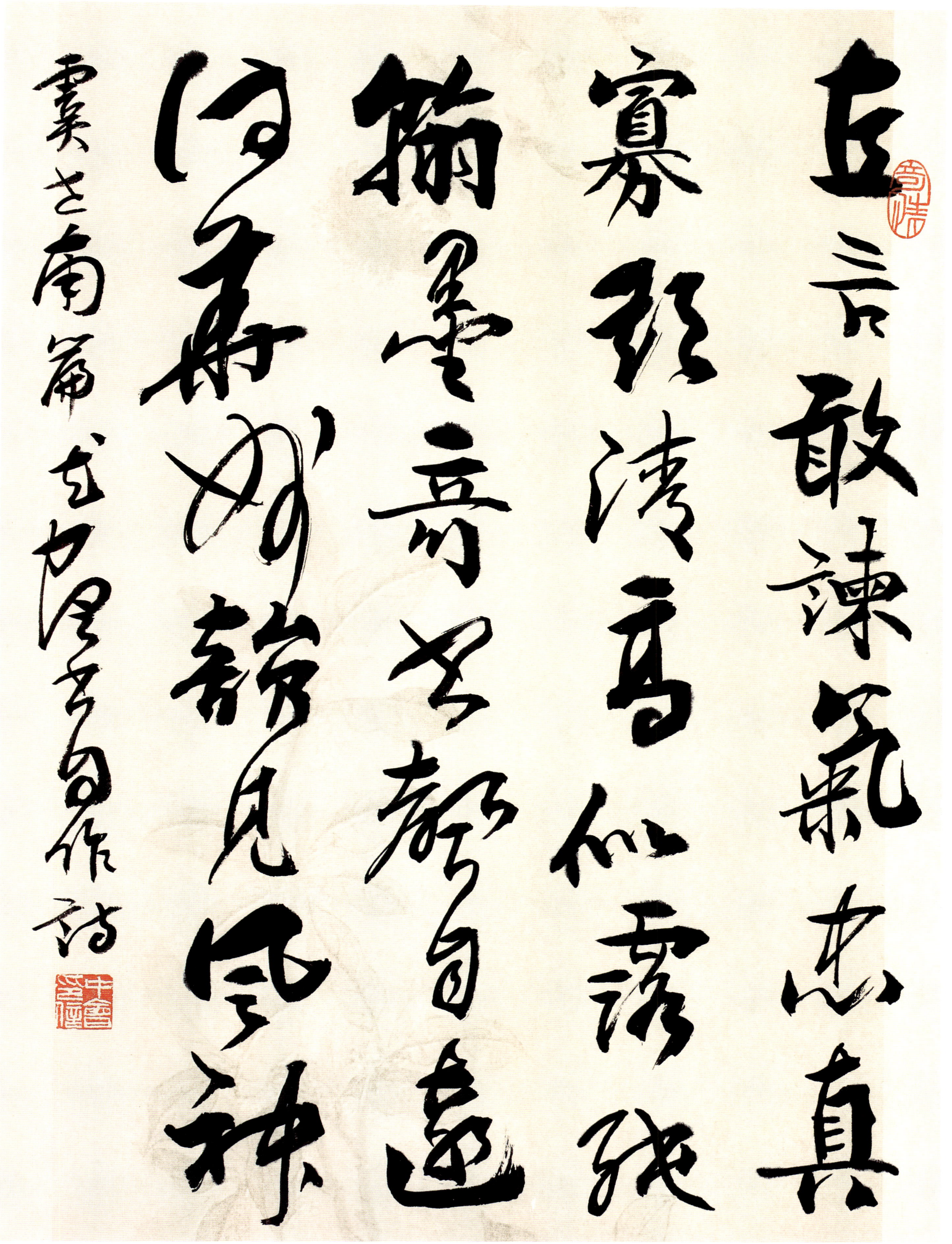

直言敢谏气忠真，
寡欲清高似露纯。
翰墨奇书声自远，
诗华妙韵见风神。

20

翰韵温醇雅士风——唐 陆柬之①

陆柬之像

陆机②气骨二王③魂，
字字珠玑雅韵音。
文赋④犹如陈酿酒，
豪华落尽见真淳⑤。

[注释]

①陆柬之（五八五至六三八年），吴郡吴县（今江苏省苏州市）人。唐代书法家虞世南外甥，宰相陆元方的伯父，唐代狂草大家张旭的外祖父。早年出仕隋朝，官至朝散大夫。入唐后，官至太子司议郎，崇文侍书学士。贞观十二年（六三八年），病卒于京师长安，终年五十三岁。

②陆机：西晋文学家、书法家，中华第一帖《平复帖》书写者，被陆柬之尊为陆氏先祖。陆柬之《书陆机文赋》为其传世书法代表作。

③二王：东晋王羲之、王献之父子。

④文赋：指唐代法书墨迹《文赋帖》，西晋陆机撰文，唐人陆柬之书，人称『二陆文翰』、『文翰双绝』，被赞为『朱联璧合，字字珠玑』。

⑤真淳：真率淳朴。《文赋帖》蕴《平复帖》之气骨，含《兰亭集序》之韵致，不激不厉，平和柔美，有豪华落尽，火气全无之感，犹如陈年美酿，雅味真淳。

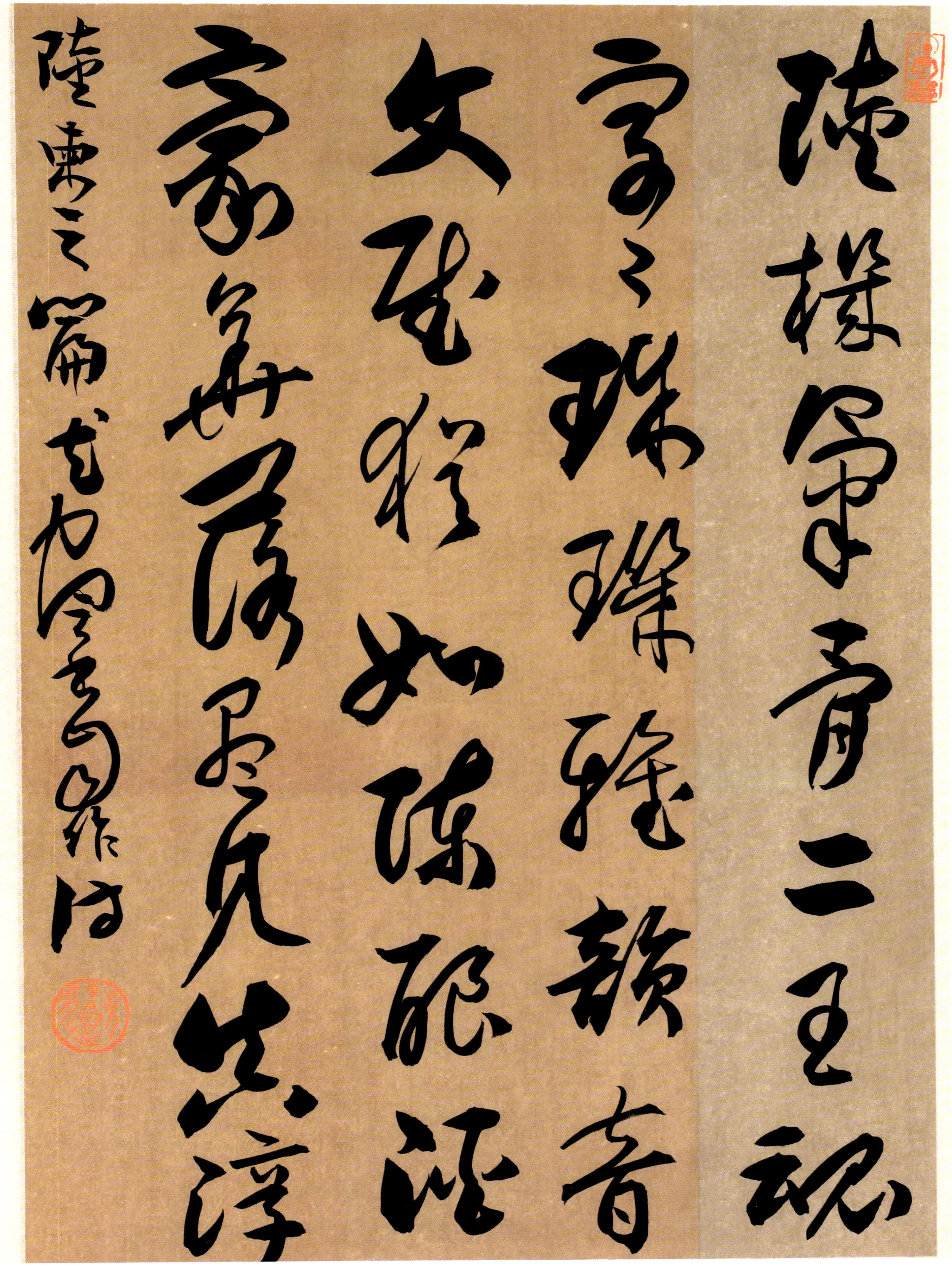

陆机气骨二王魂，
字字珠玑雅韵音。
文赋犹如陈酿酒，
豪华落尽见真淳。

21

雁塔秀墨韵空灵——唐　褚遂良①

褚遂良像

废王立武②乱纲常，

因谏忠言贬越疆③。

古意新格创褚体④，

空灵简淡隐柔刚。

[注释]

①褚遂良（五九六至六五九年），字登善，杭州钱塘（今浙江省杭州市）人，祖籍河南阳翟（今河南省禹州市），西晋永嘉年间（三〇七至三一三年），匈奴发兵南侵，褚遂良家族为避战乱南迁钱塘。唐武德元年（六一八年），李渊建立唐王朝，褚遂良被李世民收编，做了铠曹参军，后进入弘文馆，与虞世南、欧阳询为好友。褚遂良博学多才，工于书法，与欧阳询、虞世南、薛稷并称『初唐四大家』，传世墨迹有《孟法师碑》、《雁塔圣教序》等，为唐朝政治家、书法家。褚遂良精通文史，深受李世民器重，任谏议大夫、中书令，执掌朝政大权。唐高宗时封河南郡公，任吏部尚书、尚书右仆射、参知政事。后因反对唐高宗李治『废王立武』被贬。

②废王立武：唐高宗李治废王皇后，立武则天为皇后。

③贬越疆：褚遂良因竭力反对唐高宗李治『废王立武』，先贬为潭州（今湖南省长沙市）都督；武后掌权后，迁桂州（今广西壮族自治区桂林市）都督，再贬爱州（今越南清化）刺史。唐高宗显庆四年（六五九年），卒于任上，年六十三岁。

④褚体：褚遂良书法空灵简淡，个性独具，人称『褚体』。

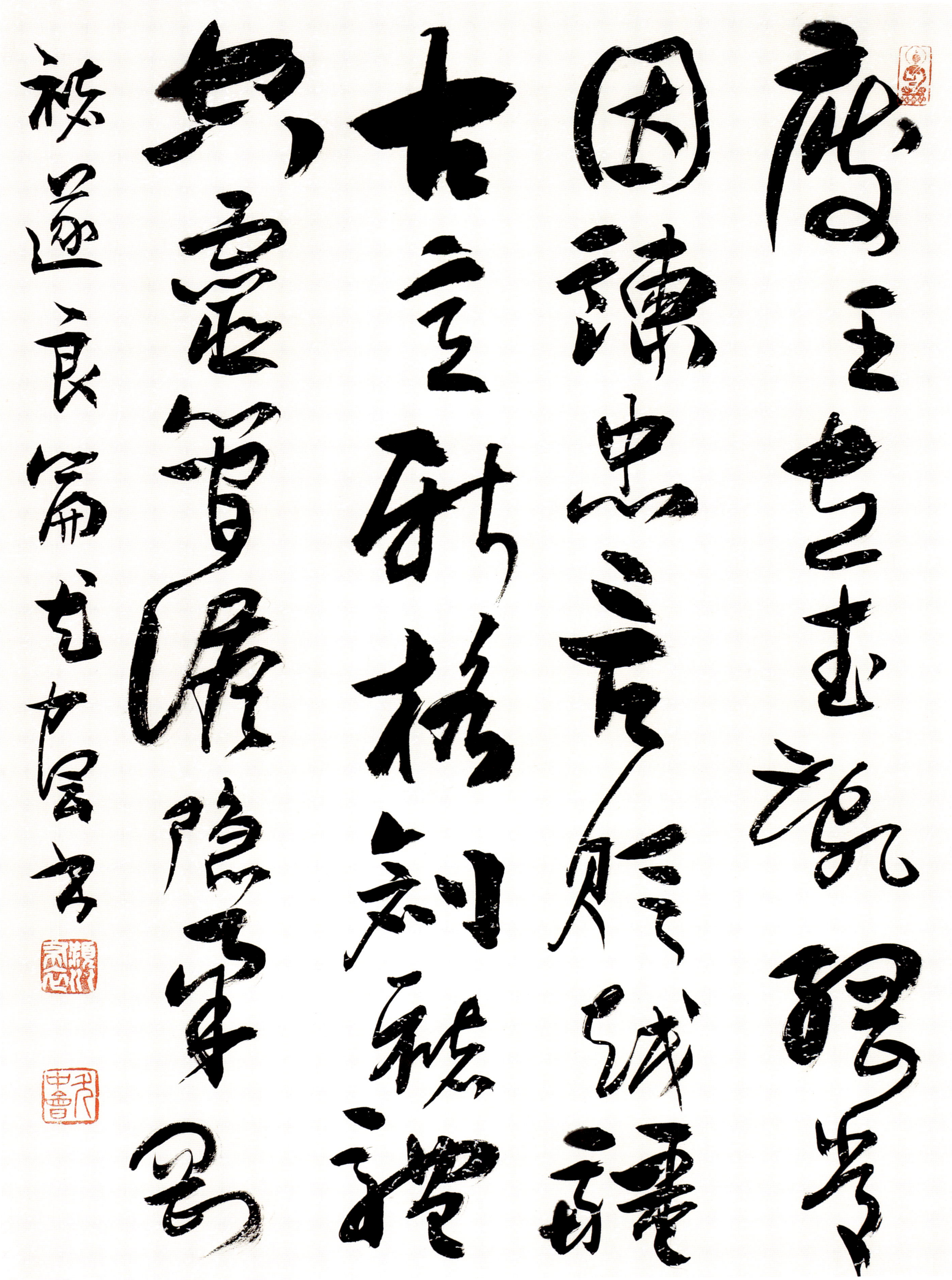

废王立武乱纲常，
因谏忠言贬越疆。
古意新格创褚体，
空灵简淡隐柔刚。

22

崇昌圣墨写三铭——唐　李世民①

李世民像

贞观大治②史传名，
酷爱王书③醉梦中。
写下三铭④奇妙墨，
兰亭⑤何以葬昭陵⑥？

[注释]

①李世民（五九九至六四九年），陇西狄道（今甘肃省临洮县）人。父亲是隋朝官员李渊，母亲是北周皇族窦氏。童年时代的李世民聪明果断，接受儒家教育，学习武术，擅长骑射。李世民自幼随父南征北战，功勋卓著，为唐朝第二代皇帝。他以隋亡为戒，克制欲望，励精图治，劝臣进谏，开创了『贞观之治』的盛世局面。李世民酷爱翰墨，极力推崇提倡王羲之书法，并以身作则，身体力行临写王书，影响深远。行草书《晋祠铭》、《屏风帖》、《温泉铭》为其行世代表作。

②贞观大治：唐太宗继任皇帝后，改元贞观，广揽人才，发展经济，开放文化，江山一统，国泰民安，史称『贞观盛世』。

③王书：指王羲之书法。

④三铭：指唐太宗李世民的传世法书《温泉铭》、《晋祠铭》、《屏风帖》。

⑤兰亭：王羲之《兰亭序》。

⑥昭陵：唐太宗陵墓，传王羲之《兰亭序》真迹本随李世民陪葬昭陵。

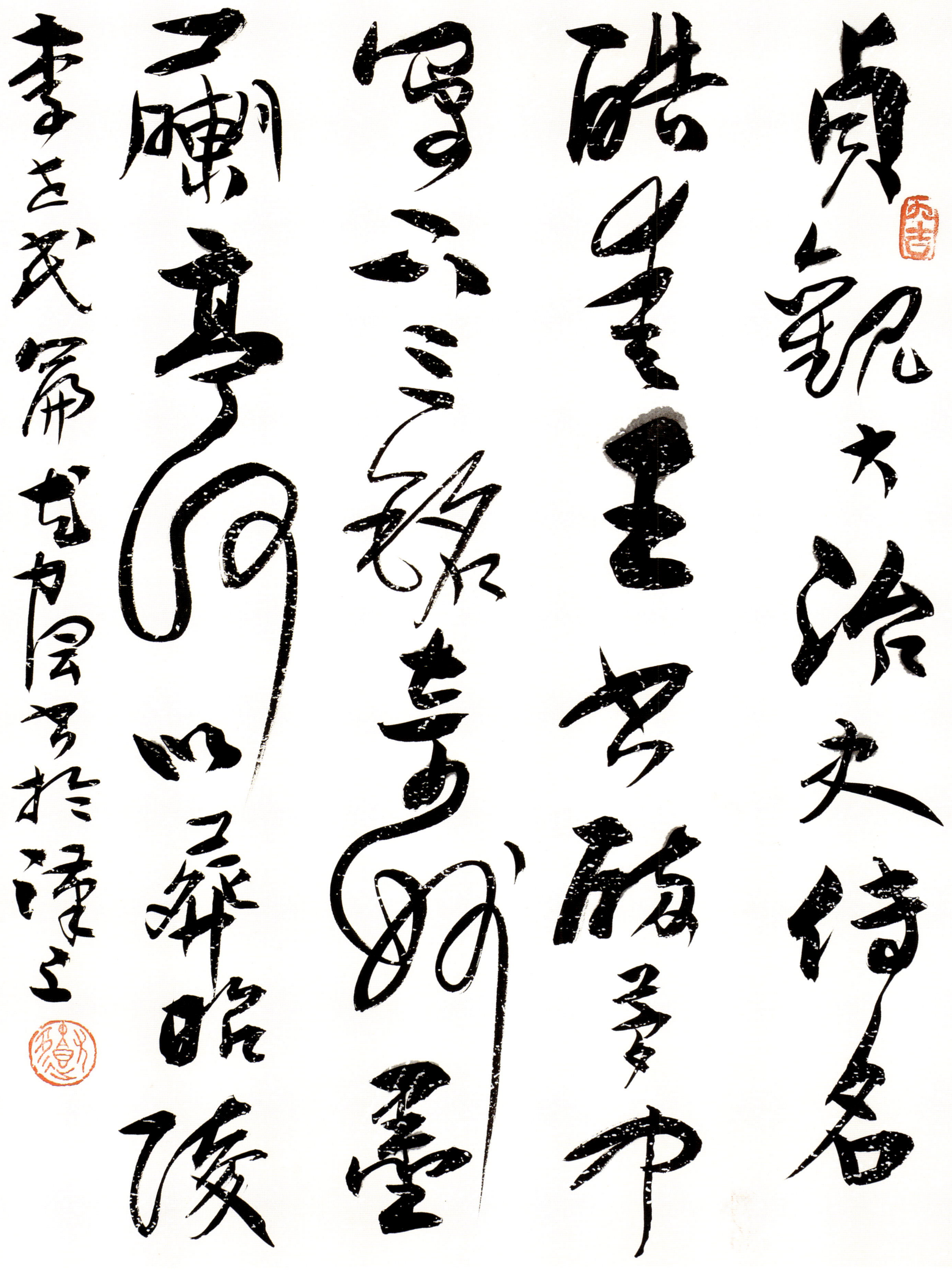

贞观大治史传名，
酷爱王书醉梦中。
写下三铭奇妙墨，
兰亭何以葬昭陵？

孙过庭像

23 腕妙书奇翰论精——唐 孙过庭①

抱病攻书贫困间，
险平②使转③尽精研。
墨学翰论④开新域，
妙字三千⑤史记传。

[注释]

①孙过庭（六四六至六九一年），名虔礼，字过庭，以字行。中原陈留（今河南省开封市）人，一作吴郡富阳（今浙江省杭州市富阳区）人。唐高宗至武后时代人，曾任右卫胄参军、率府录事参军。出身寒微，『志学之年』胸怀大志，博雅好古，留心翰墨，专精极虑二十余年，终自学成才，得名于文理翰墨之间。擅长楷、行、草诸体，以草书著名，尤精书理，著有《书谱》上下两卷，下卷已佚，今仅存上卷。书法师承王羲之、王献之，用笔精到，笔势坚劲，刚断峻拔，腕妙书奇，直逼二王。他是唐代著名书法家、书法理论家，有『唐书法第一妙腕』之誉。因操守高洁，遭人谗议丢官。离职后，因贫困交加，病逝于洛阳植业里客栈。

②险平：指书法中的险绝与平正。险，指险绝，即险峻倾危。平，指平正，即中正端庄。孙过庭在《书谱》中说：『初学分布，但求平正；既知平正，务追险绝；既能险绝，复归平正。』把书法点画笔势、字形体势、章法分布中的险绝、平正关系概括为『书法三阶段』，亦称『书法三境界』。初级平正指中规中矩的平正，复归的平正指含有险绝的平正，好的书法作品必须是险绝与平正的完美统一。

③使转：孙过庭把书法用笔归纳为『指、使、转、用』四大技巧。使转在这里泛指笔法技巧。

④墨学翰论：指孙过庭的书学理论专著《书谱》。

⑤妙字三千：孙过庭《书谱》墨迹本分上下两卷，现仅存上卷，洋洋三千七百余言，故称『妙字三千』。

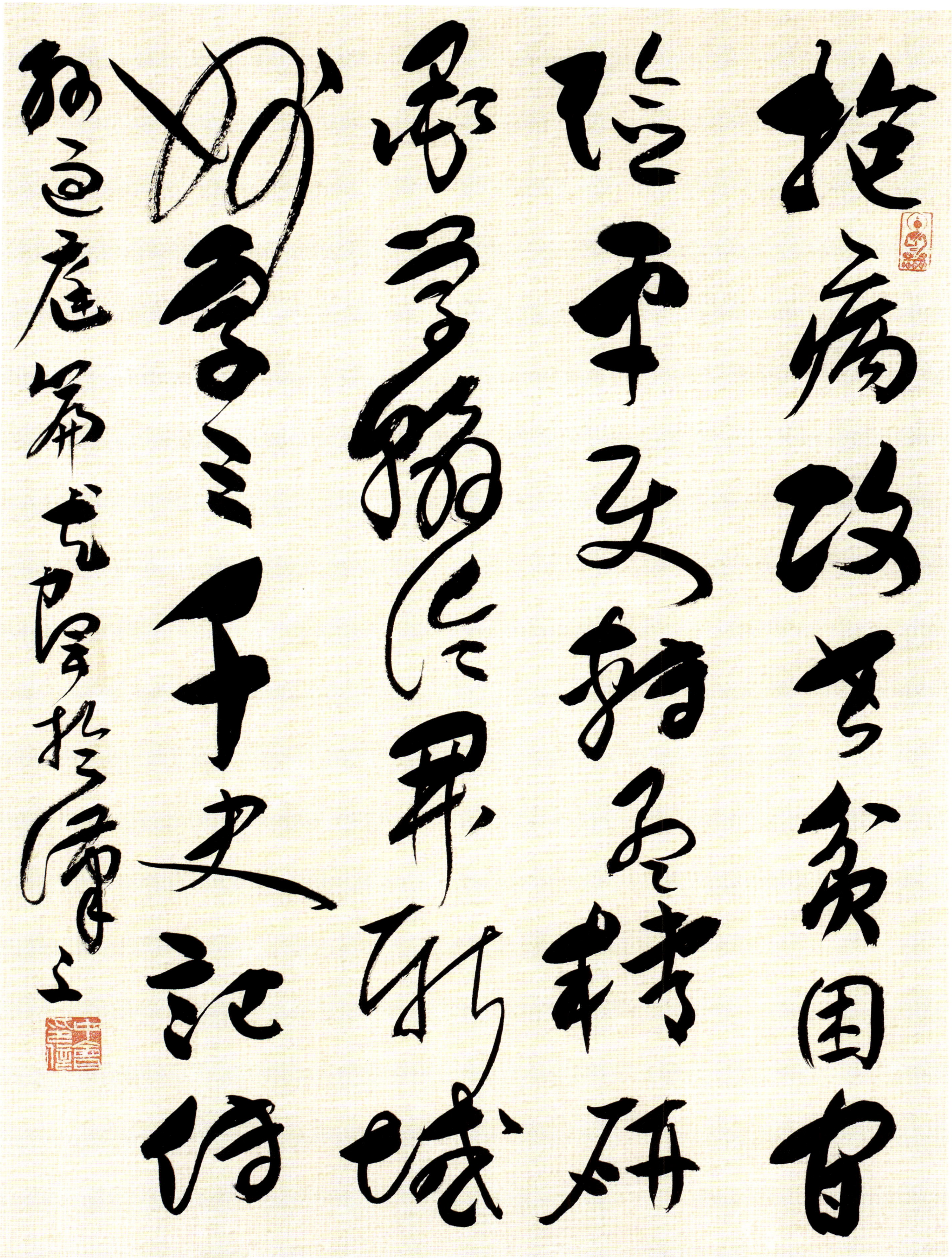

抱病攻书贫困间，
险平使转尽精研。
墨学翰论开新域，
妙字三千史记传。

24

雄奇峻迈书如象——唐 李邕①

李邕像

书源羲献②晋人风，
南帖北碑冶化成。
行草入石③开壮举，
风神如象④气恢宏。

[注释]

①李邕（六七八至七四七年），字泰和，鄂州江夏（今湖北省武汉市江夏区）人。李氏家族自隋至明一直定居江夏县。传有三处住宅遗址，第一处在今武汉市武昌区洪山西麓；第二处在江夏县金城乡（今咸宁市咸安区大幕乡桃花尖村钟台山）；第三处在江夏县灵泉山（今武汉市江夏区龙泉山）。李邕是唐朝著名学者、文选学士李善之子。李邕少年成名，博学多才，起家校书郎，迁左拾遗，转户部郎中，调殿中侍御史，迁括州刺史，人称『李括州』，后转北海太守，又称『李北海』。李邕为行书碑文大家，书法风格奇伟倜傥，《宣和书谱》云：『李邕精于翰墨，行草之名尤著。初学王右军行法，既得其妙，乃复摆脱旧习，笔力一新』。传世碑刻有《麓山寺碑》、《李思训碑》《法华寺碑》等。他是唐朝大臣、书法家，与宰相李适之交好，被中书令李林甫构陷，含冤杖死，时年六十九岁，葬于江夏县（今武汉洪山区九峰山西南盘龙山下，具体位置不清）。

②羲献：东晋王羲之、王献之父子。

③行草入石：唐以前大都以楷书入碑，今人看到的晋唐行草石刻，多为后人摹刻。李邕为唐人行草入碑之开先河者，传曾自撰自书（有时自刻）行书碑石八百余通。

④风神如象：李邕曾任北海（今山东益都）太守，人称『李北海』。书法奇伟险峭、雄峻恢宏、气象正大。明董其昌以『北海如象』比喻李邕书法的风神气度。

书源羲献晋人风，
南帖北碑冶化成。
行草入石开壮举，
风神如象气恢宏。

25 醉舞龙蛇鸟兽惊——唐 张旭①

张旭像

酒醉狂奔②梦幻中，
挥毫骤墨舞流星③。
满堂风雨蛟龙起④，
兽骇鹰惊岸断崩⑤。

[注释]

①张旭（约六七五至七五〇年），字伯高，一字季明，苏州吴县（今江苏省苏州市）人，开元、天宝年间曾任常熟县尉、金吾长史，故人称『张长史』。其母陆氏是初唐书家陆柬之的侄女，也是虞世南的外孙女。张旭才华横溢，学识渊博，为人豁达大度，洒脱不羁，卓尔不群。诗歌以七绝见长，别具一格。张旭书法与李白诗歌、裴旻剑舞，并称『三绝』。又与李白、贺知章、李适之、李琎、崔宗之、苏晋、焦遂并列『饮中八仙』。还与贺知章、张若虚、包融并称『吴中四士』。

②酒醉狂奔：张旭好酒，每逢大醉，狂奔呼号，挥毫泼墨，人称『张颠』。

③舞流星：唐代诗人李颀形容张旭作书是『兴来洒素壁，挥笔如流星』。

④蛟龙起：张旭狂草犹如惊蛇入草，蛟龙起舞。

⑤兽骇鹰惊岸断崩：张旭狂草有鸿飞兽骇之资、鸾舞蛇惊之态、山崩岸断之势。

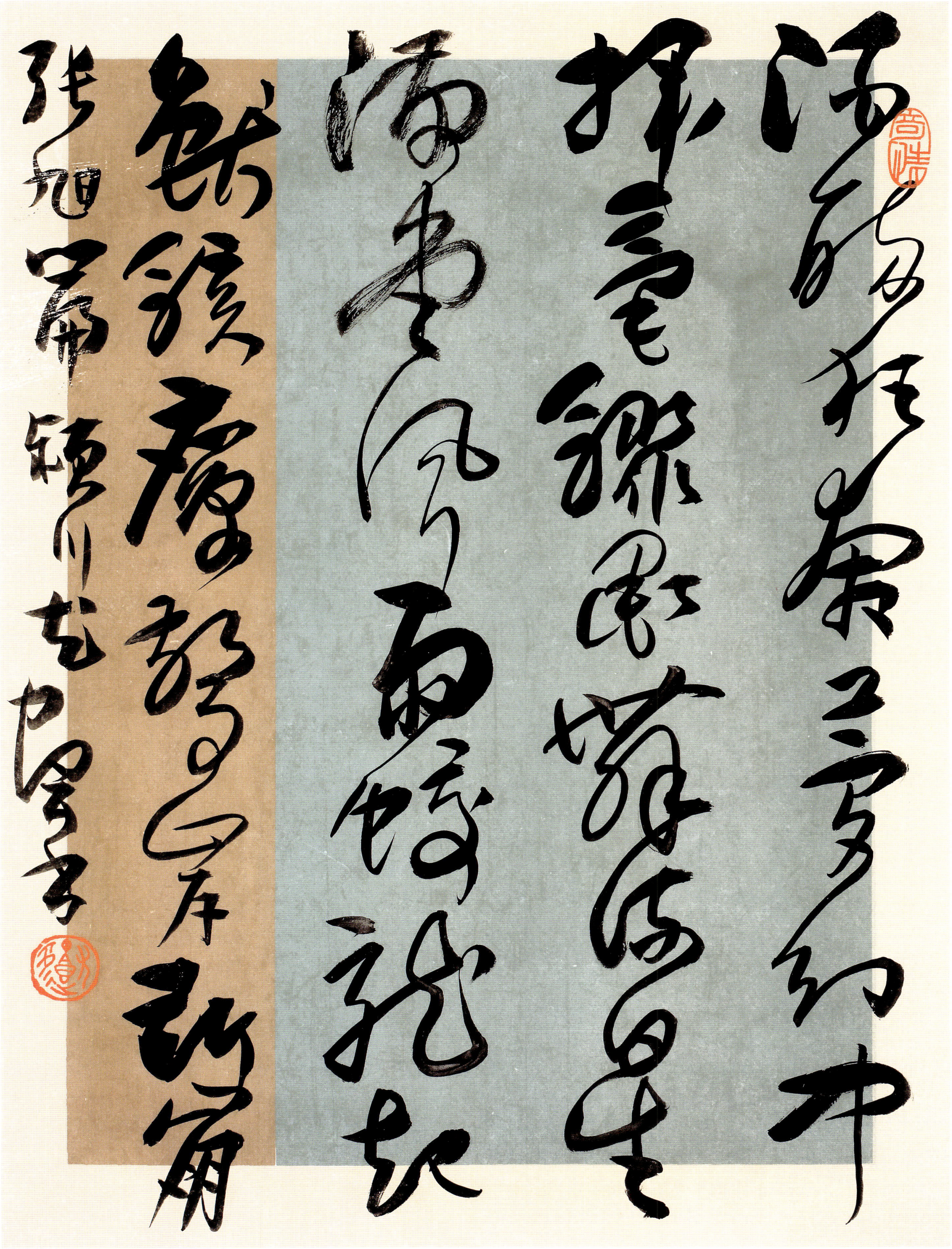

酒醉狂奔梦幻中，
挥毫骤墨舞流星。
满堂风雨蛟龙起，
兽骇鹰惊岸断崩。

26

凛然正气壮国风——唐 颜真卿①

颜真卿像

忠贞品骨铸风威②，
大义凛然斥叛贼③。
书翰节操双互化④，
雄浑劲健记丰碑⑤。

[注释]

①颜真卿（七〇九至七八四年），字清臣，小名羡门子，别号应方，京兆万年（今陕西省西安市）人，祖籍琅琊临沂（今山东省临沂市）。唐玄宗开元二十二年（七三四年），颜真卿登进士第，历任监察御史、殿中侍御史。后因得罪权臣杨国忠，被贬为平原太守，世称『颜平原』。安史之乱时，颜真卿率义军抗击叛军。唐代宗时官至吏部尚书、太子太师，封鲁郡公，人称『颜鲁公』。兴元元年（七八四年），被派遣晓谕叛将李希烈，一身正气，凛然拒贼，终被缢杀，时年七十五岁。遇害后，三军将士皆为之痛哭。颜真卿书法初学褚遂良，后又得笔法于张旭，并对二王书法有深入研究。他摆脱初唐书法风范，创造出浑厚强劲、筋骨雄健、端庄正大、气势磅礴的新书风，人称『颜体』，与柳公权并称『颜柳』，有『颜筋柳骨』之誉。行书《祭侄文稿》被誉为『天下第二行书』。

②铸风威：颜真卿品正德高，刚直正派，诚厚忠贞，在朝中威望极高，人尊『颜鲁公』。

③大义凛然斥叛贼：在安史之乱中，颜真卿临危不惧，招兵联众，筑城储粮，顽强抗击叛军，救国为民。在奉旨劝降叛贼李希烈的生死关头，大义凛然，怒斥叛贼，终被缢杀。

④书翰节操双互化：颜真卿的书法艺术是他人品风骨与书法技艺的互融互化。

⑤雄浑劲健记丰碑：颜氏书风筋骨雄健、浑厚强劲、端庄正大、气势磅礴，被尊为『楷书四大家之一』，行书《祭侄文稿》被誉为『天下第二行书』。在中国书法史上，他是一位影响深远的丰碑式人物。

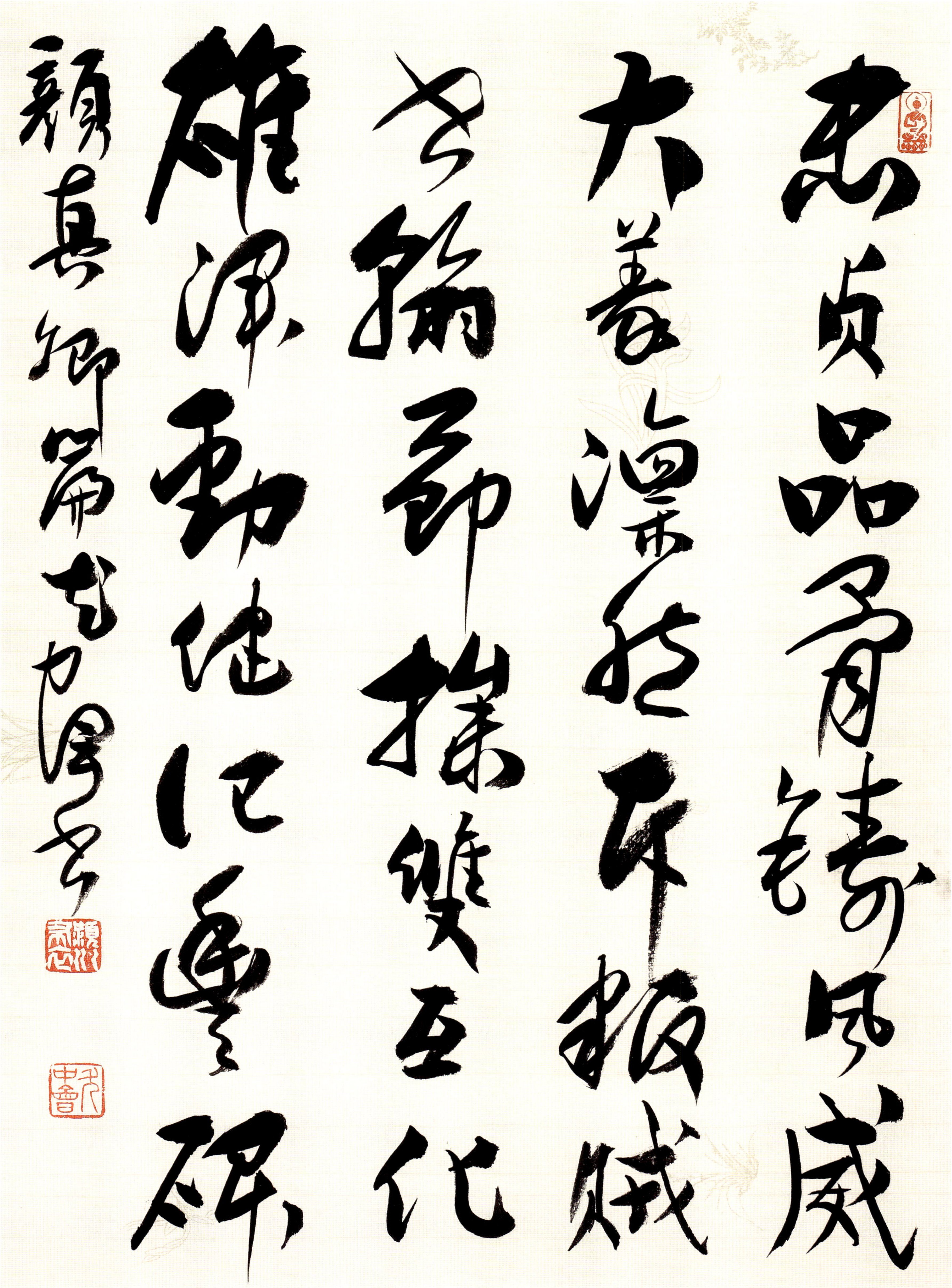

忠贞品骨铸风威，
大义凛然斥叛贼。
书翰节操双互化，
雄浑劲健记丰碑。

27

骤雨旋风化壁烟——唐 怀素①

怀素像

书遍芭蕉板写穿②，
求师万里赴长安③。
旋风骤雨狂僧墨④，
泼下云烟满壁间⑤。

[注释]

①怀素（七三七至七九九年），僧人，俗姓钱，字藏真，永州零陵（今湖南省永州市零陵区）人。自幼家贫，十岁出家为僧，经禅之暇，酷好墨翰。书尽寺中器物墙壁，种芭蕉万余株，以蕉叶练字。书穿漆盘木板，退笔成冢。为寻名师，挑担拄杖，不远万里，一路化缘，赴京都长安拜颜真卿等名公为师。怀素好酒，以『狂草』名世，有『醉素』之称。怀素草书率意颠逸，千变万化，法度严谨，自然天成。势若骤雨旋风，壮士拔山，与张旭形成中国草书史上的两座艺术高峰，有『颠张醉素』之誉，人称『草圣』。

②书遍芭蕉板写穿：怀素自幼勤奋习书，因买不起纸张，写尽寺中器物墙壁；又在寺内种植芭蕉万余株，就蕉叶练字，另制漆盘漆板数块；用以书写，传说把漆板都写穿了。

③求师万里赴长安：怀素习书因『不师古』而『不得法』，所见甚浅。便拄着杖锡，挑着书箱，不远万里，一路化缘，步行数月，赴京师长安拜名公颜真卿为师。

④旋风骤雨狂僧墨：怀素好酒，尝于醉后作狂草，运笔迅疾颠逸，势如骤雨旋风，人称『狂僧』『醉素』。

⑤泼下云烟满壁间：怀素擅书蕉题壁，唐御史窦冀称怀素作书是：『忽然绝叫三五声，满壁纵横千万字。』

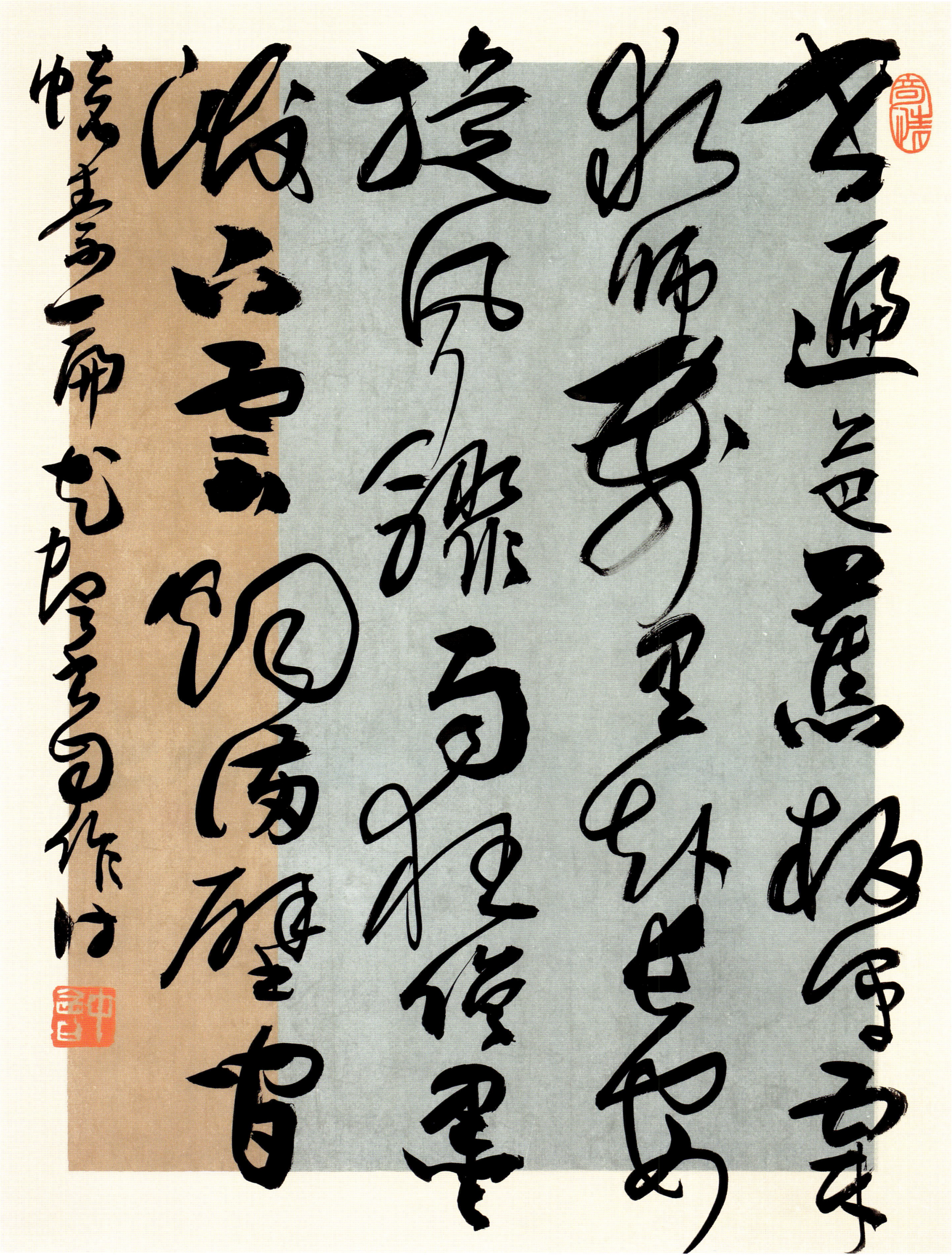

书遍芭蕉板写穿，
求师万里赴长安。
旋风骤雨狂僧墨，
泼下云烟满壁间。

28

人端笔正清刚骨——唐 柳公权①

柳公权像

侍书三代历七朝②，
敢谏直疏谨不骄。
笔正人端书劲爽③，
清刚气骨领风骚。

[注释]

①柳公权（七七八至八六五年），字诚悬，京兆华原（今陕西省铜川市耀州区）人，兵部尚书柳公绰之弟，唐中期著名诗人、书法家。柳公权二十九岁中进士，早年任秘书省校书郎，历仕七朝，三代侍书，官至太子少师，封河东郡公，以太子太保致仕，故世称『柳少师』。唐懿宗李漼咸通六年（八六五年），柳公权去世，年八十七岁，获赠太子太师。柳公权的书法以楷书著称，初学王羲之，后遍观唐代名家书法，吸取颜真卿、欧阳询之长，融汇新意，自创独树一帜的『柳体』。

②侍书三代历七朝：柳公权历仕宪宗、穆宗、敬宗、文宗、武宗、宣宗、懿宗七朝。官居侍书于穆宗、敬宗、文宗三代。

③笔正人端书劲爽：柳公权强调人品风骨对书法艺术的作用，提出了『人正则笔正』的书学理论。其正书劲拔爽健，气骨清刚，与颜真卿齐名，有『颜筋柳骨』之美誉。

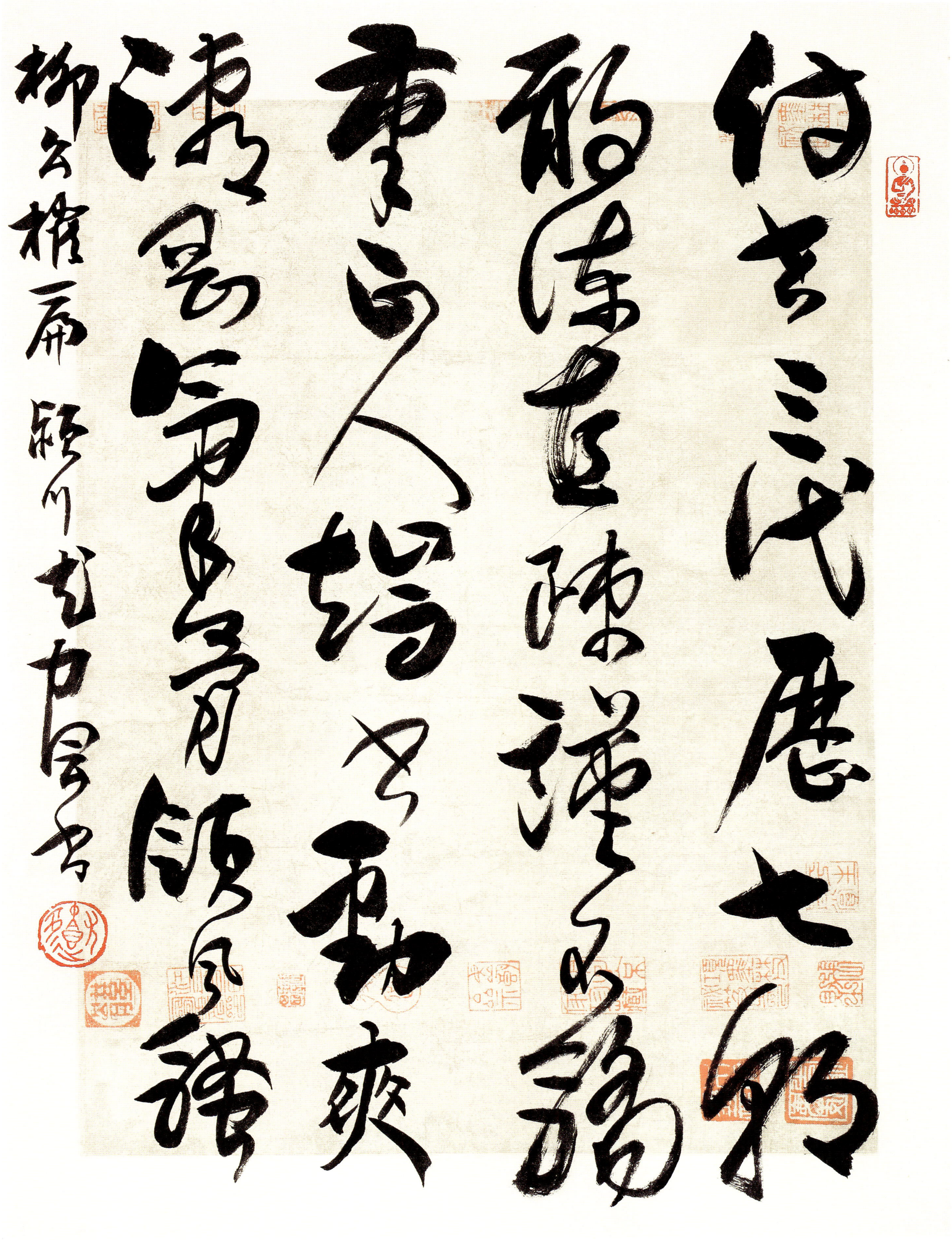

侍书三代历七朝，
敢谏直疏谨不骄。
笔正人端书劲爽，
清刚气骨领风骚。

29

韭花韵致赛兰亭——五代 杨凝式①

杨凝式像

避祸装疯②无奈中，
挥毫题壁洛阳城。
韭花③气质兰亭韵，
开启宋人重意④风。

[注释]

①杨凝式（八七三至九五四年），字景度，号虚白，华州华阴（今陕西省华阴市）人。据说他是隋朝越国公杨素的后代，祖辈均为唐朝重臣，父亲杨涉就是唐末宰相。杨凝式出身尊贵，少年好学，才华出众，富有文藻，写得一手锦绣文章，大为时辈推崇。唐昭宗天祐二年（九〇五年）登进士第，先后历仕六朝十五帝，唐末任秘书郎，曾侍奉唐昭宗李晔、唐哀帝李柷二帝。五代后梁时，任考功员外郎。后唐授比部郎中、知制诰。后晋时，以礼部尚书致仕，闲居于伊洛之间。后汉时，为太子少傅、太子少师，世称『杨少师』。后周时任宰相，周世宗柴荣显德初年，拜尚书左仆射（宰相）实职，另加太子太保衔，终因年龄太大而自动辞职。杨凝式历仕唐、后梁、后唐、后晋、后汉、后周六朝，于周世宗显德元年（九五四年）冬，卒于洛阳，终年八十一岁，追赠太子太傅。

杨凝式精通书法、诗赋、绘画、音乐，为著名诗人、书法家。因出生于癸巳年，故自号『癸巳人』。他个性狂放纵诞，擅即兴题壁，洛川寺观蓝墙粉壁之上，多有他的题记。杨凝式在中国书法史上被视为承唐启宋的重要人物，『宋四家』都深受其影响。

②避祸装疯：五代是一个诸侯割据、四分五裂的战乱时代。杨凝式是一个既聪明机智、才华出众又风趣古怪的人。他一生历经六朝十五帝，饱经战乱之苦，深知官场之险，为了避祸，无奈装疯，绰号『杨疯子』。

③韭花：指杨凝式的行书代表作《韭花帖》，在中国书法史上地位很高，有『五代兰亭』、『天下第五行书』之美称。

④宋书重意：董其昌说：『晋人书取韵，唐人书取法，宋人书取意』。

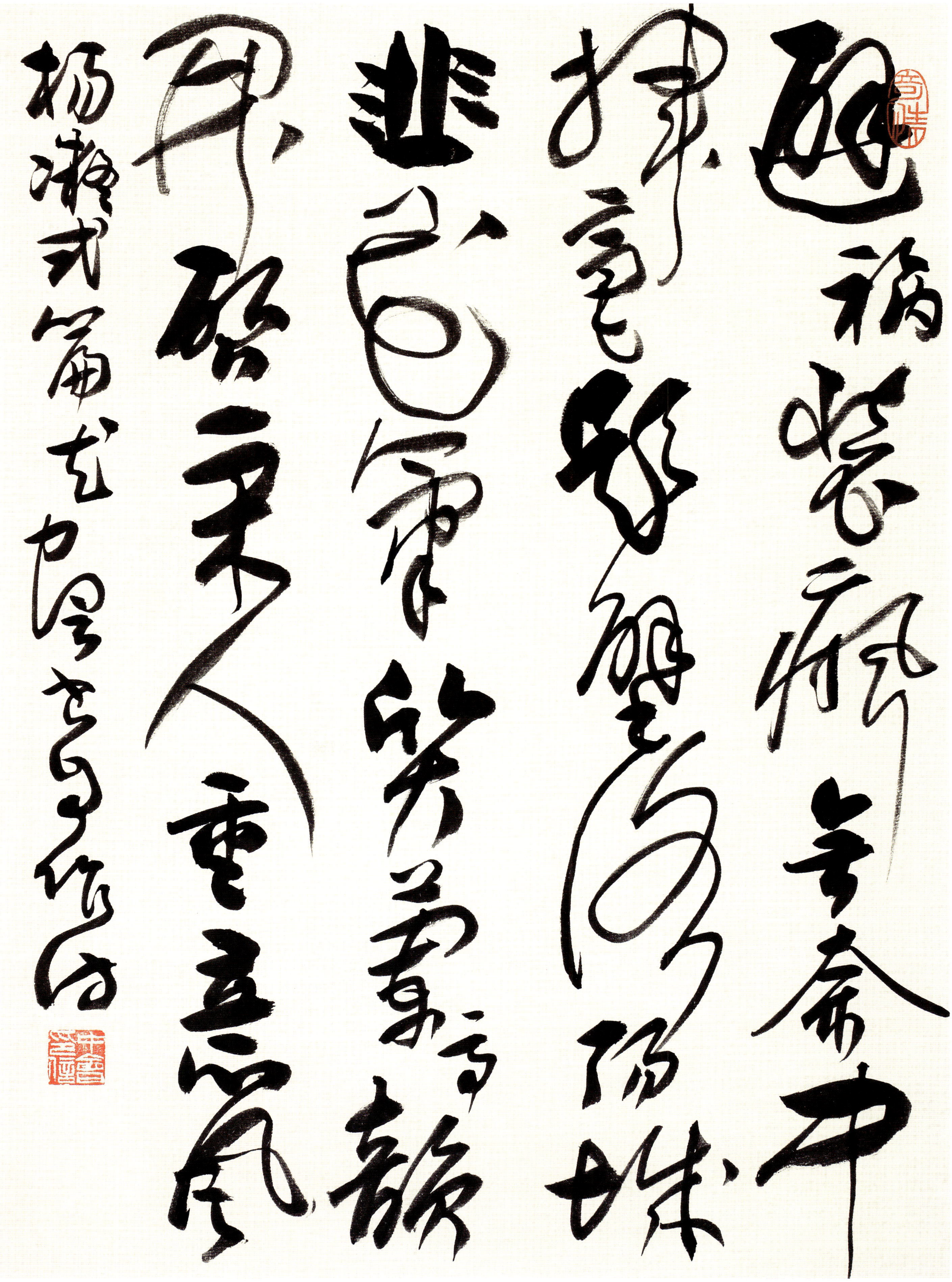

避祸装疯无奈中，
挥毫题壁洛阳城。
圭花气质兰亭韵，
开启宋人重意风。

30

翰韵清澄学士风——宋 蔡襄[1]

蔡襄像

正直善谏气清澄，
勤政为民解患情。
文稿诗笺藏锦绣，
碑书[2]遒劲步颜公[3]。

[注释]

①蔡襄（一〇一二至一〇六七年），字君谟。兴化军仙游县（今福建省仙游县）人。北宋名臣，书法家、文学家、茶学家。宋仁宗天圣八年（一〇三〇年），蔡襄登进士第，先后任馆阁校勘、知谏院、直史馆、知制诰、龙图阁直学士、枢密院直学士、翰林学士、三司使、端明殿学士等职。后出任福建路转运使，知泉州、福州、开封、杭州府事。蔡襄为官清正，所到之处皆有政绩。在福州时，排民间蛊害。在泉州时，为解除水患，主持建造万安桥（洛阳桥）。在建州时，倡植福州至漳州七百里驿道松。蔡襄诗文清妙，书法端庄，有淳淡婉美之风，为『宋四家』之一。宋英宗赵曙治平四年（一〇六七年），蔡襄病逝，时年五十五岁。有《蔡忠惠公全集》传世。

②碑书：指蔡襄正书碑刻《万安桥记》。

③步颜公：步，追随、效法。颜公，指唐代书法家颜真卿。蔡襄正书碑刻《万安桥记》有颜真卿书法的正大风神。

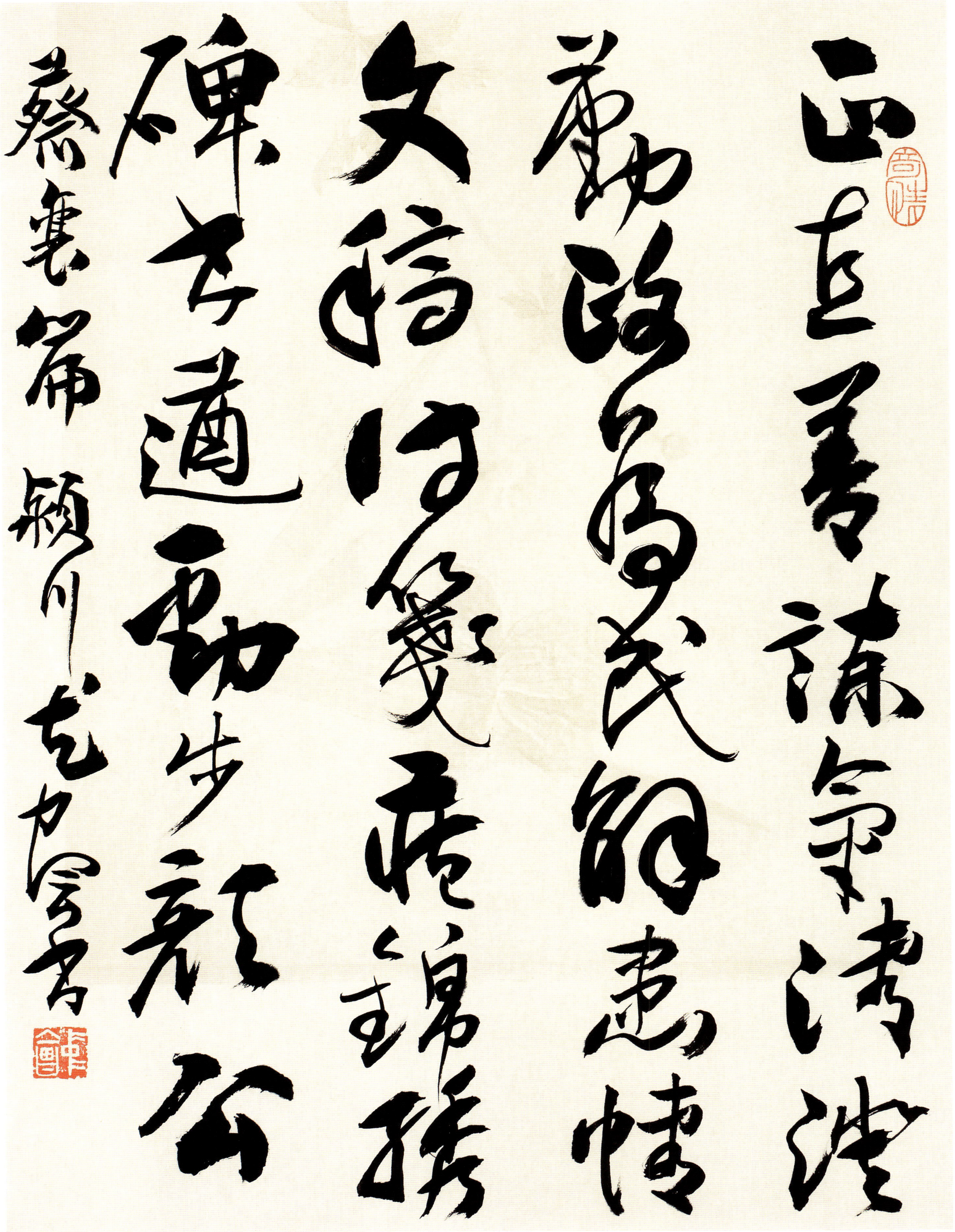

正直善谏气清澄，
勤政为民解患情。
文稿诗笺藏锦绣，
碑书遒劲步颜公。

31

寒食苦雨打春棠——宋 苏轼①

苏轼像

被贬奇才②傲世间，
临江啸唱起波澜。
词风豪迈赋文婉③，
书翰诗华震宇寰。

[注释]

①苏轼（一〇三七至一一〇一年），字子瞻，又字和仲，号东坡居士，世称苏东坡、苏仙。眉州眉山（今四川省眉山市）人，祖籍河北栾城（今河北省石家庄市栾城区），北宋著名文学家、诗人、书法家、画家。《黄州寒食帖》被誉为『天下第三行书』。除在朝任翰林学士、侍读学士、礼部尚书外，又外任杭州通判，先后在密州、徐州、湖州、汝州、常州、登州、杭州、颍州、扬州、定州任知州，中途三次被贬。宋徽宗赵佶建中靖国元年七月二十八日（一一〇一年八月二十四日），身居贬地海南儋州的苏轼奉命回京师汴梁复任朝奉郎，于北归途中卒于常州（今江苏省常州市），享年六十四岁。

苏轼是宋代文学最高成就的代表之一，在诗、词、赋文、书、画等方面都取得了很高的成就。其诗题材广阔，善用夸张比喻，清新豪健，风格独具，与黄庭坚并称『苏黄』。其词与辛弃疾同为豪放派代表，并称『苏辛』。散文著述宏富，格调清新，婉转自如，与欧阳修并称『欧苏』，为『唐宋八大家』之一。苏轼善书，为『宋四家』之一，且擅画墨竹、怪石、枯木等。有《东坡七集》、《东坡易传》、《东坡乐府》等传世。

②被贬奇才：指苏轼三次被贬，自求外调不算贬，一是被贬湖北黄州（今湖北省黄冈市），降为团练副使；二是被贬广东惠州（今广东省惠州市），降为惠州安置；三是被贬海南儋州（今海南省儋州市），降为儋县别驾、昌化军安置。

③赋文婉：苏轼词风以气势雄伟、旷达豪迈为主，极富感染力，被誉为『豪放派』。而赋文语言若精金美玉，文理自然、清新婉丽，姿态横生。

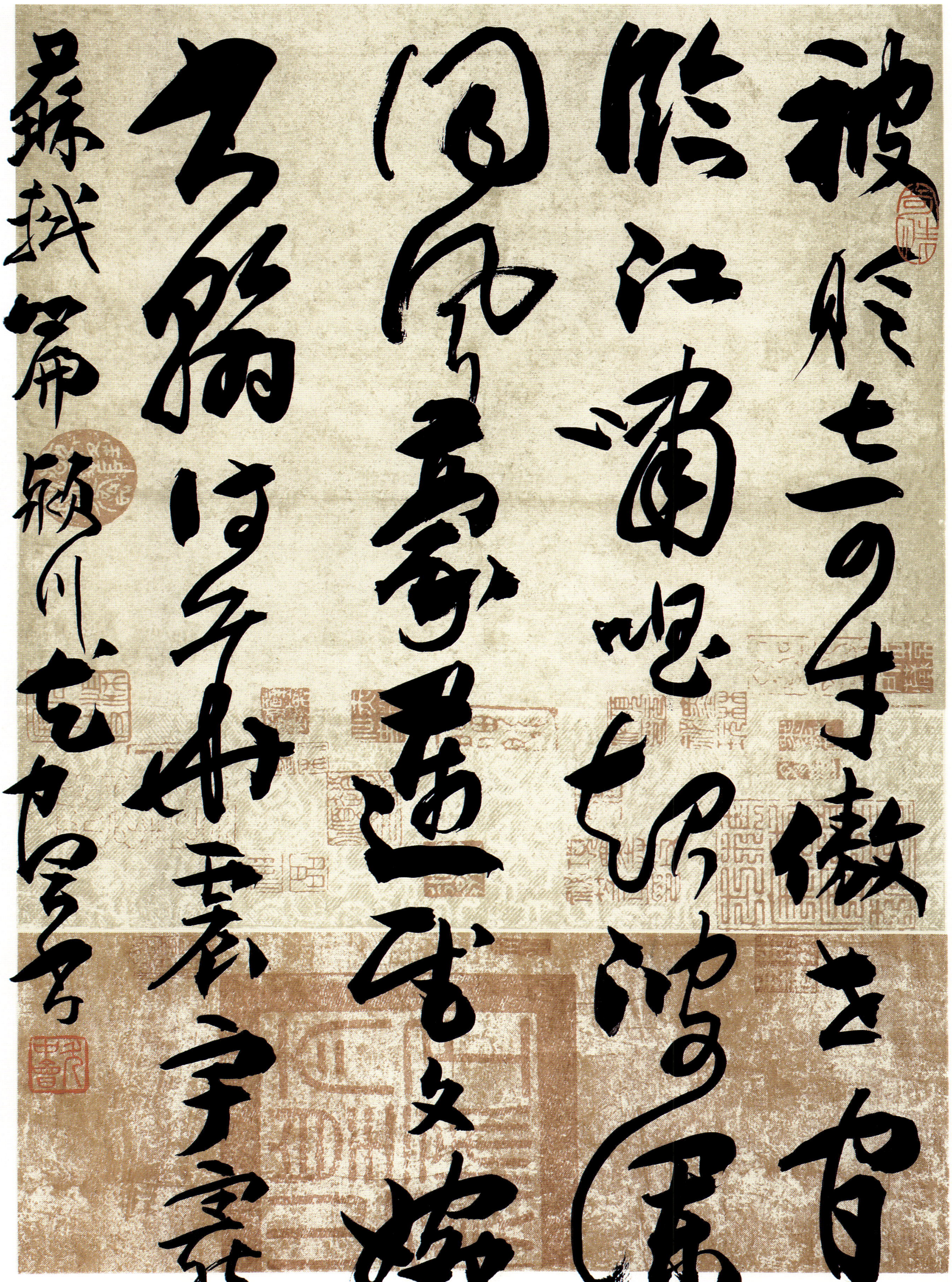

被贬奇才傲世间，
临江啸唱起波澜。
词风豪迈赋文婉，
书翰诗华震宇寰。

32

长枪大戟松风韵——宋 黄庭坚①

黄庭坚像

开启南诗赣派②风，
书追意趣步苏公③。
长枪大戟双桨起④，
老辣坚柔绘枯藤。

[注释]

①黄庭坚（一〇四五至一一〇五年），字鲁直，号山谷道人，晚号涪翁。江南西路洪州府分宁（江西省九江市修水县）人，北宋著名文学家、书法家、江西诗派开山之祖。黄庭坚论书、鉴画、评诗强调以韵为先，诗与杜甫、陈师道和陈与义素有『一祖三宗』之称，黄庭坚为其中一宗。又与张耒、晁补之、秦观同游学于苏轼门下，人称『苏门四学士』。书法引《瘗鹤铭》入草，雄强逸荡，境界一新，独树一格。黄庭坚为『宋四家』之一，与苏轼齐名，世称『苏黄』。书法代表作有行书《松风阁诗帖》，草书《德敷谈道传灯诗八首》、《诸上座帖》、《杜甫诗三首》等。

②赣派：指江西诗派。黄庭坚的诗以杜甫为宗，讲究修辞造句，风格奇崛，为江西诗派开山之祖。

③苏公：指苏东坡。黄庭坚为『苏门四学士』之一，书法重意趣，深受苏轼影响。

④双桨起：黄庭坚的草书笔法，得力于他对大自然客观物象的观察与师法，他五十六岁时乘船过三峡，于舟中见群丁拔棹，逆水荡桨，悟得大撇大捺、迟涩荡漾之笔法。

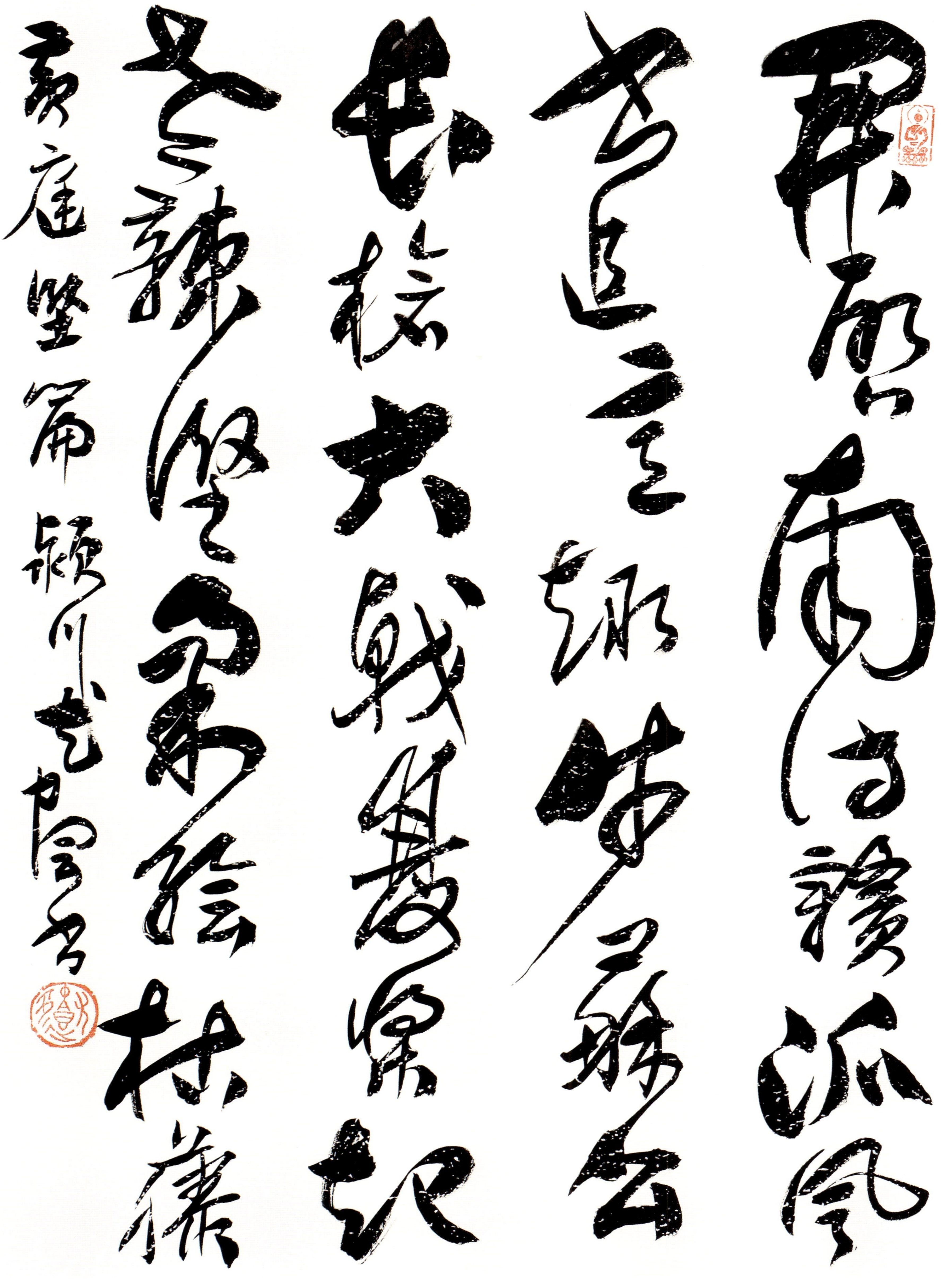

开启南诗赣派风，
书追意趣步苏公。
长枪大戟双桨起，
老辣坚柔绘枯藤。

33

痛快沉着八面锋——宋 米芾①

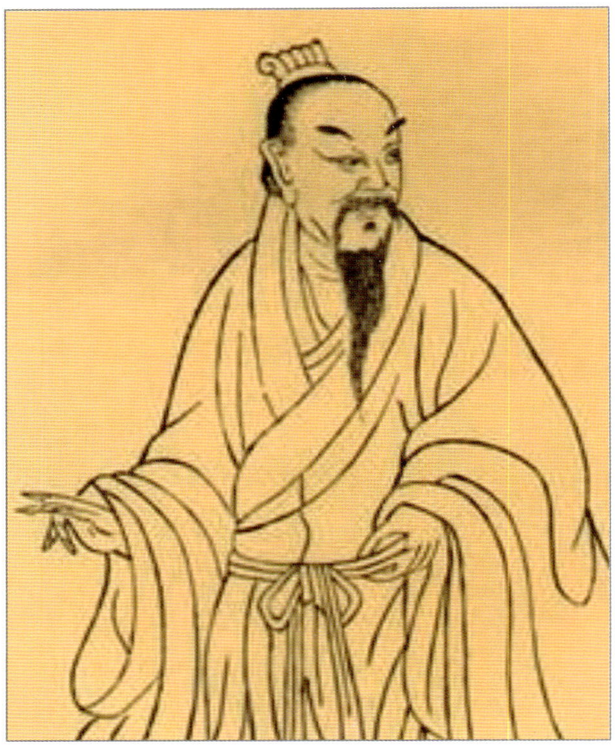

米芾像

颠狂怪癖②气凌空，
集古③追新技法精。
风动千樯催阵马④，
锋出八面⑤落飞虹。

[注释]

①米芾（一〇五一至一一〇七年），初名黻，后改芾，字元章。祖籍山西，继迁湖北襄阳，后定居润州（今江苏省镇江市）。号海岳外史、鹿门居士、襄阳漫士，人称『米襄阳』。米芾曾任校书郎、书画学博士、礼部员外郎，于礼部主管文翰，为南宫舍人，故又称『米南宫』。米芾清高孤傲，性格怪异，举止颠狂，有『米颠』之称。米芾能诗文，擅书画，精鉴别，集书画家、理论家、收藏家、鉴定家于一身。他创立了『米点山水』，擅画枯木竹石，山水云峰，风格独具，自成一家。书法长于临古，可以乱真，尤精行草，且能脱去古法而出新。作品有《苕溪诗》、《蜀素帖》、《多景楼诗帖》、《虹县诗卷帖》、《研山铭》及众多尺牍手札。与蔡襄、苏轼、黄庭坚并称『宋行书四大家』。

②颠狂怪癖：米芾清高孤傲，性格怪异，举止颠狂，遇石称『兄』，膜拜不已，人称『米颠』。

③集古：宋徽宗时，米芾任书画学博士，有机会目睹、遍临内府所藏大量法书名迹，久之其临古可以乱真，自称『集古字』。

④风动千樯催阵马：樯，船上挂帆的桅杆。千樯，形容樯帆很多。水中风动千帆，岸上战马嘶鸣，行动迅速，气势磅礴。这里比喻米芾作书下笔迅疾，洒脱峻逸，犹如『风樯阵马』，势不可挡。

⑤锋出八面：米芾擅集古追新，极擅用笔，精于正侧切换，纵横驰骋，变化无穷，号称『八面出锋』。

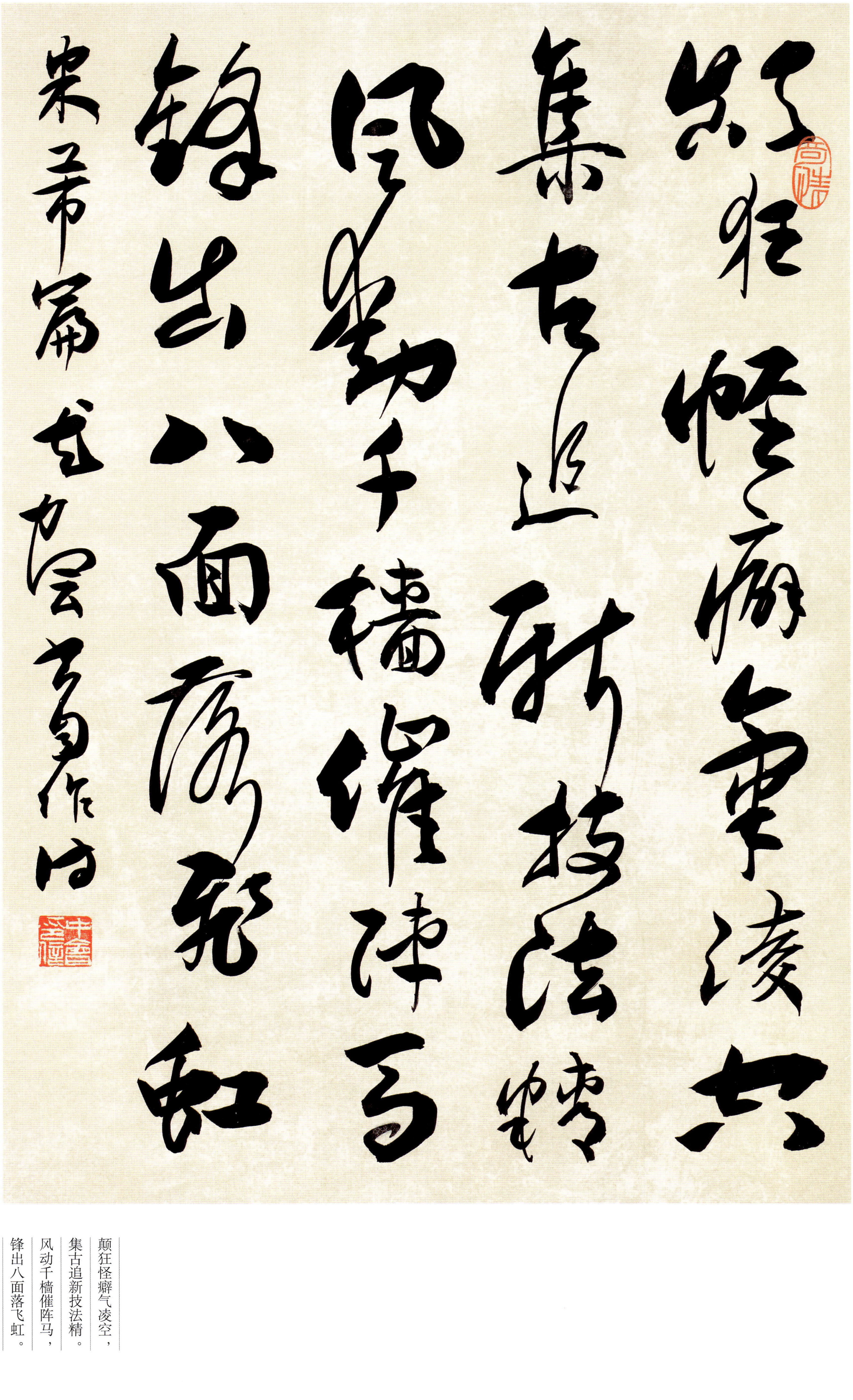

颠狂怪癖气凌空，
集古追新技法精。
风动千樯催阵马，
锋出八面落飞虹。

34

瘦金体似幽宫竹——宋 赵佶①

痴画迷书②政事荒，
奸臣当道致国亡。
精心创下瘦金体③，
大草千文④盖世芳。

赵佶像

[注释]

①赵佶（一〇八二至一一三五年），祖籍河南洛阳，生于汴京（今河南省开封市），宋神宗第十一子，宋哲宗之弟。先后被封为遂宁王、端王。宋哲宗于元符三年（一一〇〇年）正月病逝，无子，向太后于同月立端王赵佶为帝，为宋朝第八位皇帝，次年改年号为『建中靖国』。赵佶在位二十五年，初期颇有明君之气，但他轻佻浪荡，养尊处优，醉心书画，身为皇帝，却不问国事，被蔡京等奸臣当道，政治一落千丈，最终亡国被掳，受尽折磨，死于异国他乡，终年五十三岁。后移葬于南宋都城绍兴（今浙江省绍兴市）永佑陵。

②痴画迷书：赵佶自幼酷爱书画，虽不是一个好皇帝，但却是一位杰出的书画家。他对书画、声歌、吹弹、词赋无不精擅，他大力发展绘画，创办宣和画院，且身体力行，带头创作，尤以花鸟画最精，自成『院体』。赵佶精研书法，创『瘦金体』。他是古代少有的艺术天才与全才，后世感叹说：『宋徽宗诸事皆能，独不能为君耳！』

③瘦金体：赵佶在精研前人经典法书基础上，创造了一种笔划瘦细、挺秀爽利、华贵飘逸犹如宫庭瘦竹般的新字体，具有『天骨遒美』、『屈铁断金』的强烈个性，名曰『瘦金体』。

④大草千文：指赵佶的狂草《千字文》长卷。

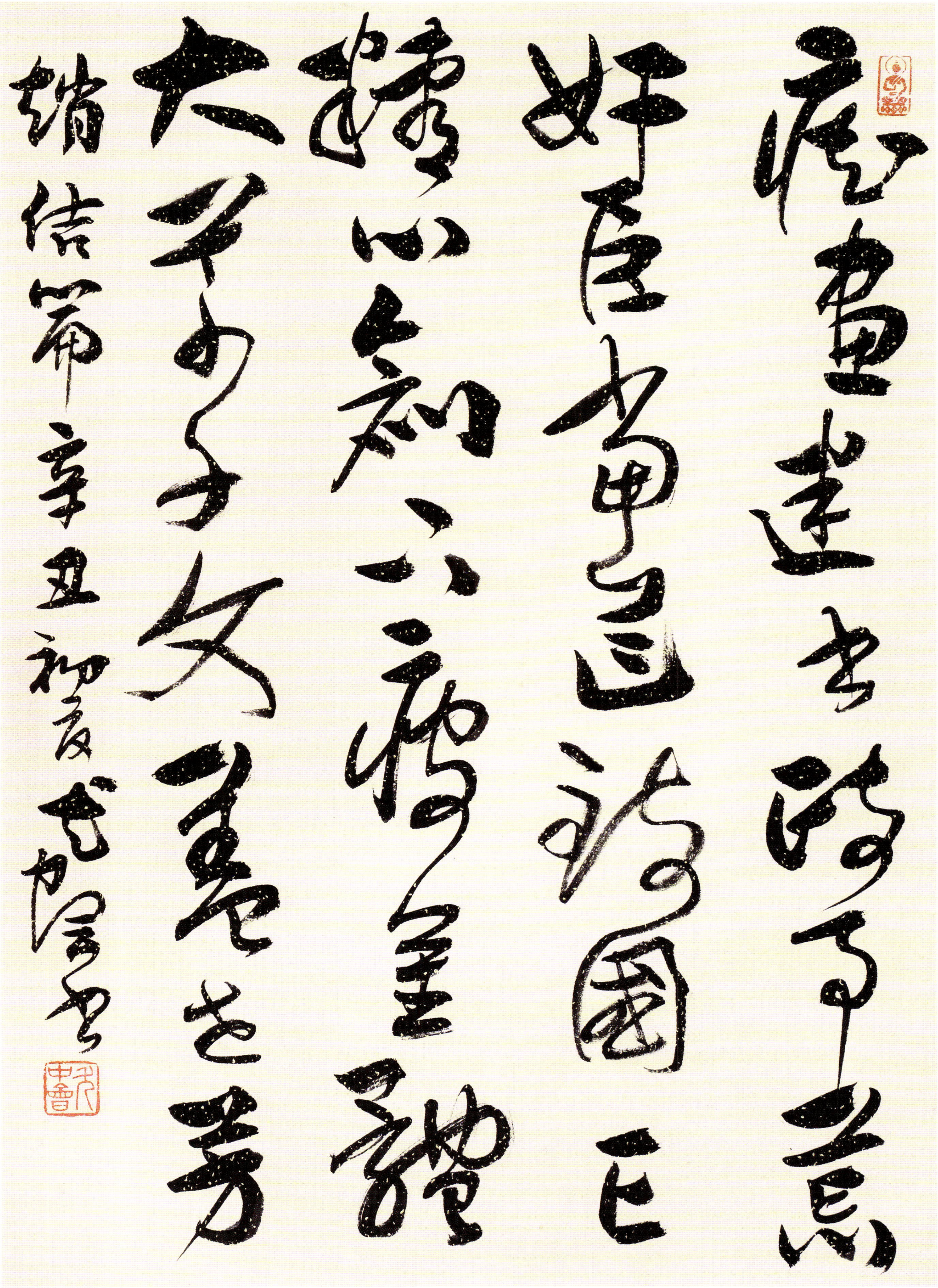

痴画迷书政事荒，
奸臣当道致国亡。
精心创下瘦金体，
大草千文盖世芳。

35

琼肢玉骨气淑娴——元　赵孟頫①

赵孟頫像

以文入画②开新径，
印论诗书互化融。
妙墨柔娴姿韵雅，
精澄小楷③晋唐风。

[注释]

①赵孟頫（一二五四至一三二二年），字子昂，吴兴（今浙江省湖州市）人。号松雪道人，又号水晶宫道人（一说水精宫道人）、鸥波，中年曾署孟俯。南宋晚期至元朝初期官员、书法家、画家、诗人，宋太祖赵匡胤十一世孙、秦王赵德芳嫡派子孙。元世祖忽必烈至元二十三年（一二八六年），赵孟頫被行台侍御史程钜夫举荐，赶赴元大都（今北京市），受元世祖、武宗、仁宗、英宗四朝礼敬。历任集贤直学士、济南路总管府事、江浙等处儒学提举、翰林侍读学士等职，累官翰林学士承旨、荣禄大夫等。晚年逐渐隐退，元仁宗延祐六年（一三一九年）借病乞归。元英宗至治二年（一三二二年）六月十六日（公历七月三十日），赵孟頫在吴兴家中观书作字，谈笑如常，至黄昏，突发急病去世，时年六十八岁。

②以文入画：指文人画。即以人品、学问、才情、思想入画，讲究脱略形似，游心物外，强调笔墨情趣、士气（书卷气）神韵。赵孟頫是开启元代文人画新风的关键人物，起着承宋启明的桥梁作用。

③精澄小楷：赵孟頫不仅是行书大家，且能写一手技巧高超、清澄灵秀、富有唐风晋韵的精道小楷，其代表作有《汲黯传》等。

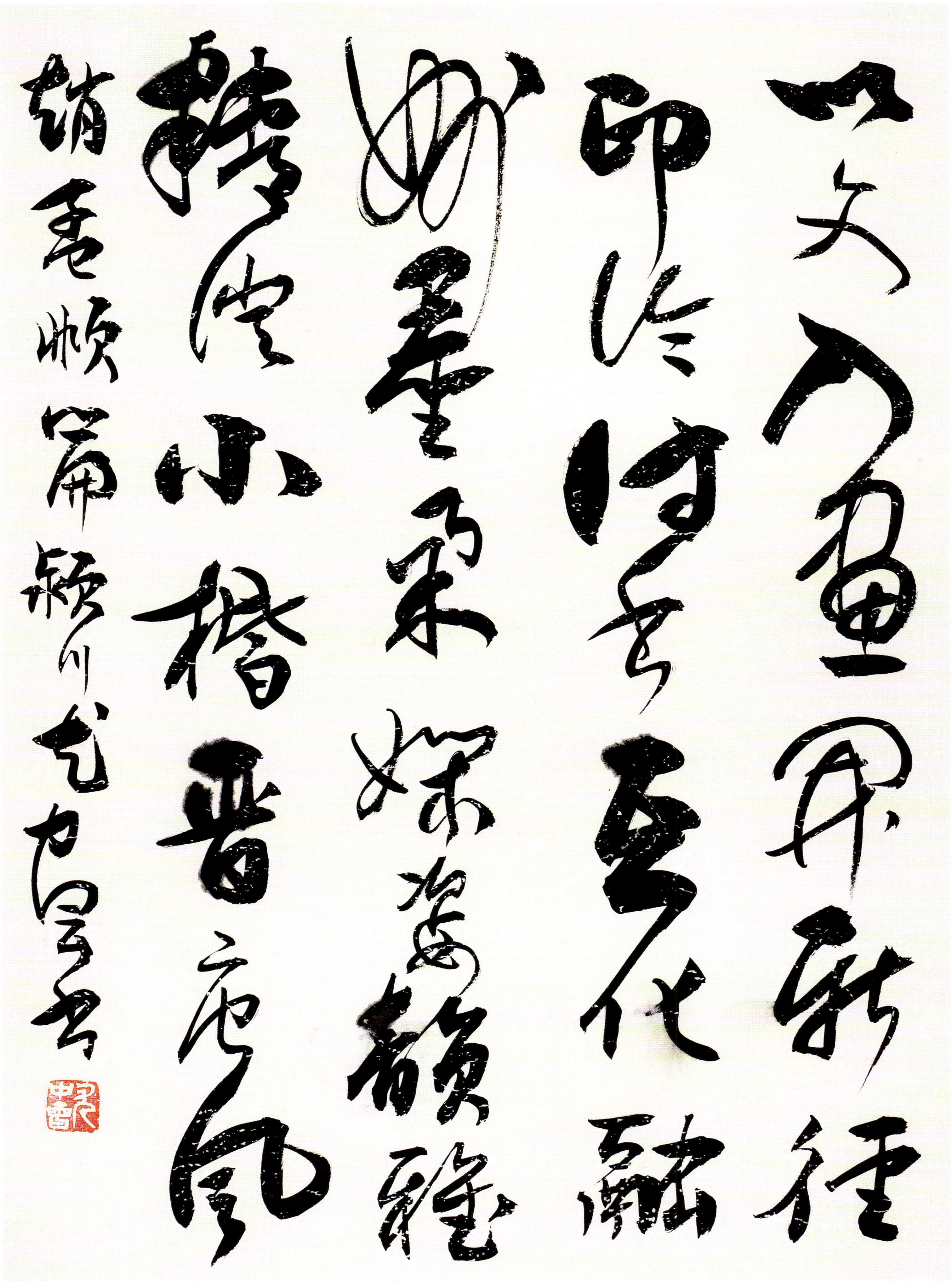

以文入画开新径，
印论诗书互化融。
妙墨柔婀姿韵雅，
精澄小楷晋唐风。

36

狂风乱树雪腾云——明 祝允明①

祝允明像

诗书满腹仕无缘②，
写遍晋唐效宋贤。
继素承颠③双互汇，
金戈铁马④战犹酣。

[注释]

①祝允明（一四六一至一五二七年），字希哲，长洲（今江苏省苏州市）人，因长像奇特而自嘲丑陋，又因右手有枝生手指，故自号枝山。因在南京任过京兆应天府通判，故人称『祝京兆』。祝允明的科举仕途颇为坎坷，十九岁中秀才，历经五次乡试，才于明弘治五年（一四九二年）中举，后又七次参加会试均不第，而其子祝续却在他前一科中进士。于是祝允明绝了科举念头，以举人选官，于正德九年（一五一四年），授广东兴宁县（今广东省兴宁市）知县。嘉靖元年（一五二二年），转任应天（今江苏省南京市）府通判，不久称病辞官还乡。

祝允明擅诗文，尤工书法，名动海内。与唐寅、文徵明、徐祯卿并称『吴中四才子』。又与文徵明、王宠同为明中期书家之代表。楷书早年精谨，师法赵孟頫、褚遂良，从欧阳询、虞世南直追『二王』。行书师法李邕、黄庭坚、米芾，功力深厚。晚年师法张旭、怀素狂草，尤重变化，风骨烂熳。虽骨力弱于旭、素，但能在宋人影响下，自成一格。其代表作有《太湖诗卷》、《箜篌引》、《赤壁赋》等。所书《六体书诗赋卷》、《草书杜甫诗卷》、《古诗十九首》、《草书唐人诗卷》及《草书诗翰卷》等，皆为传世墨宝。

②仕无缘：祝枝山一生仕途坎坷，历经五次乡试才中举，又七次会试进士落榜。

③继素承颠：素，指唐代狂草大家怀素，人称『醉素』。颠，指唐代狂草大家张旭，人称『张颠』。祝允明草书继承了怀素、张旭的狂草风格。

④金戈铁马：祝允明草书如沙场对阵，刀枪剑戟，狂乱有序，气势豪迈。

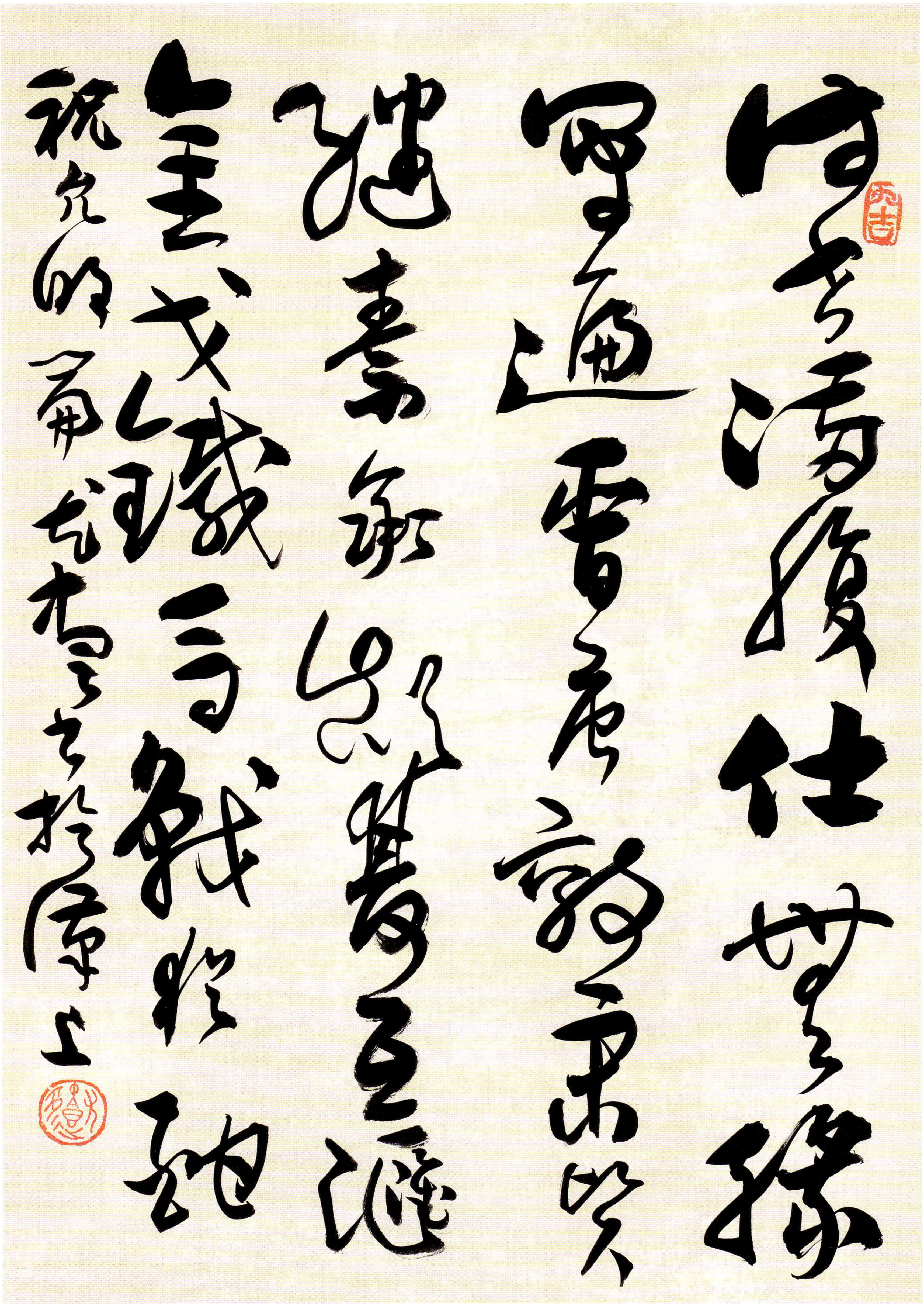

诗书满腹仕无缘，
写遍晋唐效宋贤。
继素承颠双互汇，
金戈铁马战犹酣。

37

落花散尽化悲吟——明　唐寅[1]

唐寅像

蒙冤科案[2]前程断，
罹难奇才一世贫。
画酒诗书寒士[3]泪，
落花散尽化悲吟。

[注释]

①唐寅（一四七〇至一五二四年），苏州府吴县（今江苏省苏州市）人。字伯虎，后改字子畏，号六如居士、桃花庵主、鲁国唐生、逃禅仙吏等，明代画家、诗人、书法家。唐寅二十八岁时在应天府乡试中名列第一，是为解元。次年进京参加会试，涉会试泄题案而被革黜，穷困潦倒，妻子改嫁，一生坎坷。后游历名山大川，以卖文鬻画闻名天下。唐寅早年随沈周、周臣学画，宗法李唐、刘松年，兼融南北两派画风，其山水笔墨细秀，布局疏朗，风格秀逸清俊。人物画师承唐法，造型准确，体态优美，色彩艳丽，雅娴高贵。亦工写意人物，笔简意赅，饶有意趣。其花鸟画长于水墨写意，洒脱秀逸。书法奇峭俊秀，取法赵孟頫。行书《饮中八仙歌》、《落花诗册》、《吴门避暑诗》为其代表作。诗文与祝允明、文徵明、徐祯卿并称『吴中四才子』。绘画与沈周、文徵明、仇英并称『吴门四家』，亦称『明四家』。嘉靖三年（一五二四年），唐寅病逝，时年五十四岁。书画作品分别藏于世界各大博物馆。

②科案：指明代江阴考生徐经科考泄题案，徐经下狱，唐寅因受牵连，被勒令终身不得参加进士科考。

③寒士：身份低微的读书人，这里指因科考案牵连而穷困潦倒的唐寅。

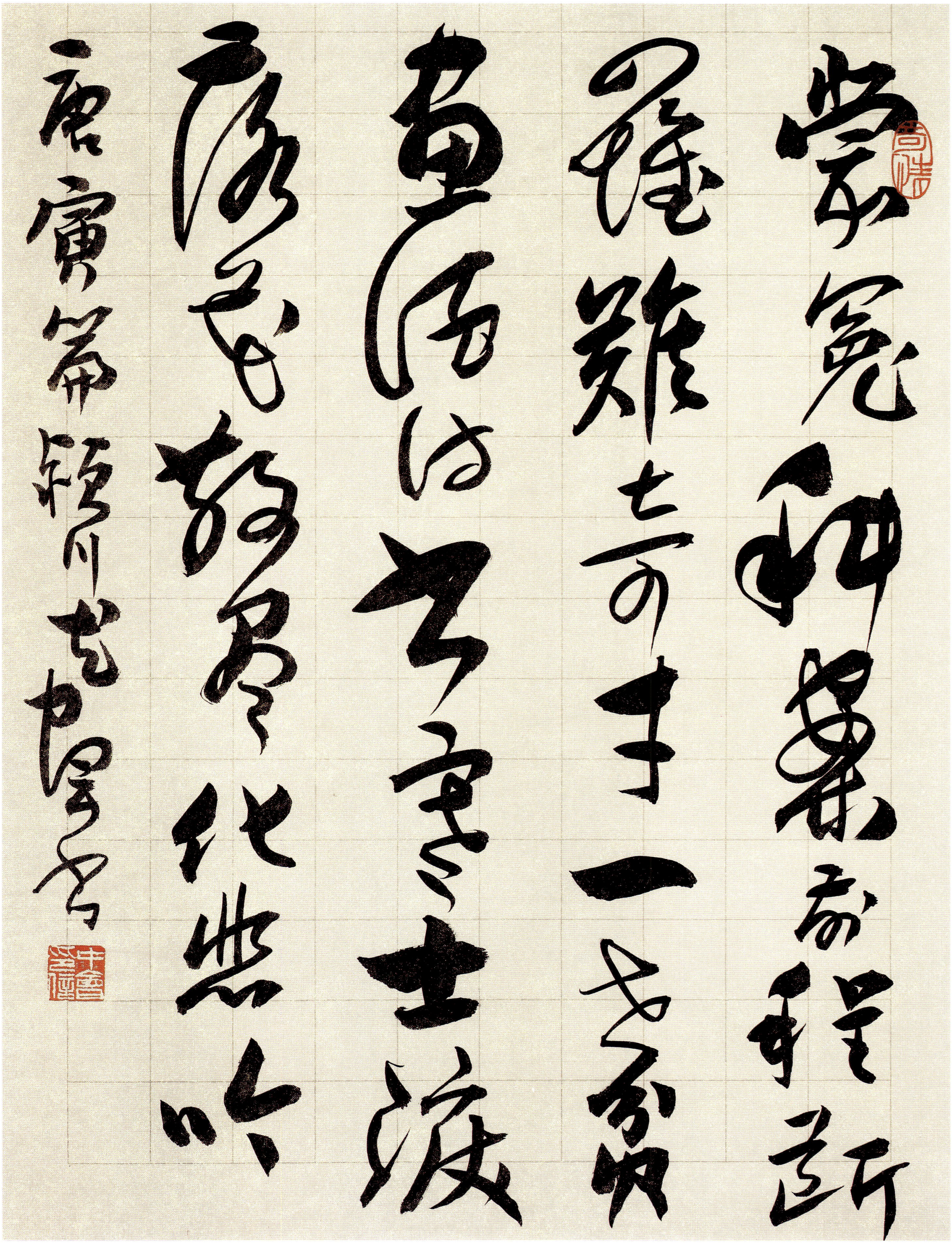

蒙冤科案前程断，
罹难奇才一世贫。
画酒诗书寒士泪，
落花散尽化悲吟。

38

枝法专精艺道深——明 文徵明①

文徵明像

九试无名②荐翰林③，
辞官归故④做乡民。
丹青翰墨追精到，
小楷明朝第一人⑤。

［注释］

①文徵明（一四七〇至一五五九年），原名壁（或作璧），字徵明，长洲（今江苏省苏州市）人。四十二岁起，以字行，更字徵仲。因先世为衡山人，故号『衡山居士』，世称『文衡山』。明代画家、书法家、诗人、文学家、收藏家。因官至翰林院待诏，故人称『文待诏』。文徵明为人谦和耿介，宁王朱宸濠因仰慕他的贤德而聘请他，文徵明托病不应。

文徵明的艺术造诣极高，诗、文、书、画无一不精，人称『四绝』。诗宗白居易、苏轼，文受业于吴宽，书法师李应祯，绘画仰学沈周，并与沈周共创『吴门画派』。在中国绘画史上，文徵明与沈周、唐寅、仇英合称『吴门四家』，亦称『明四家』。其诗文与祝允明、唐寅、徐祯卿并称『吴中四才子』。

②九试无名：文徵明从二十五岁开始，先后参加九次乡试，直考到五十二岁，仍榜上无名。

③荐翰林：文徵明五十三岁时，受工部尚书李充嗣推荐赴京师朝廷，经吏部考核，被授为职低俸微的翰林院待诏。

④辞官归故：文徵明品性耿介，不适官场，从入翰林院第二年开始，三次辞官不准，终在第三年辞官归乡。

⑤小楷明朝第一人：文徵明诗文书画无不精妙，小楷被推为明朝第一。

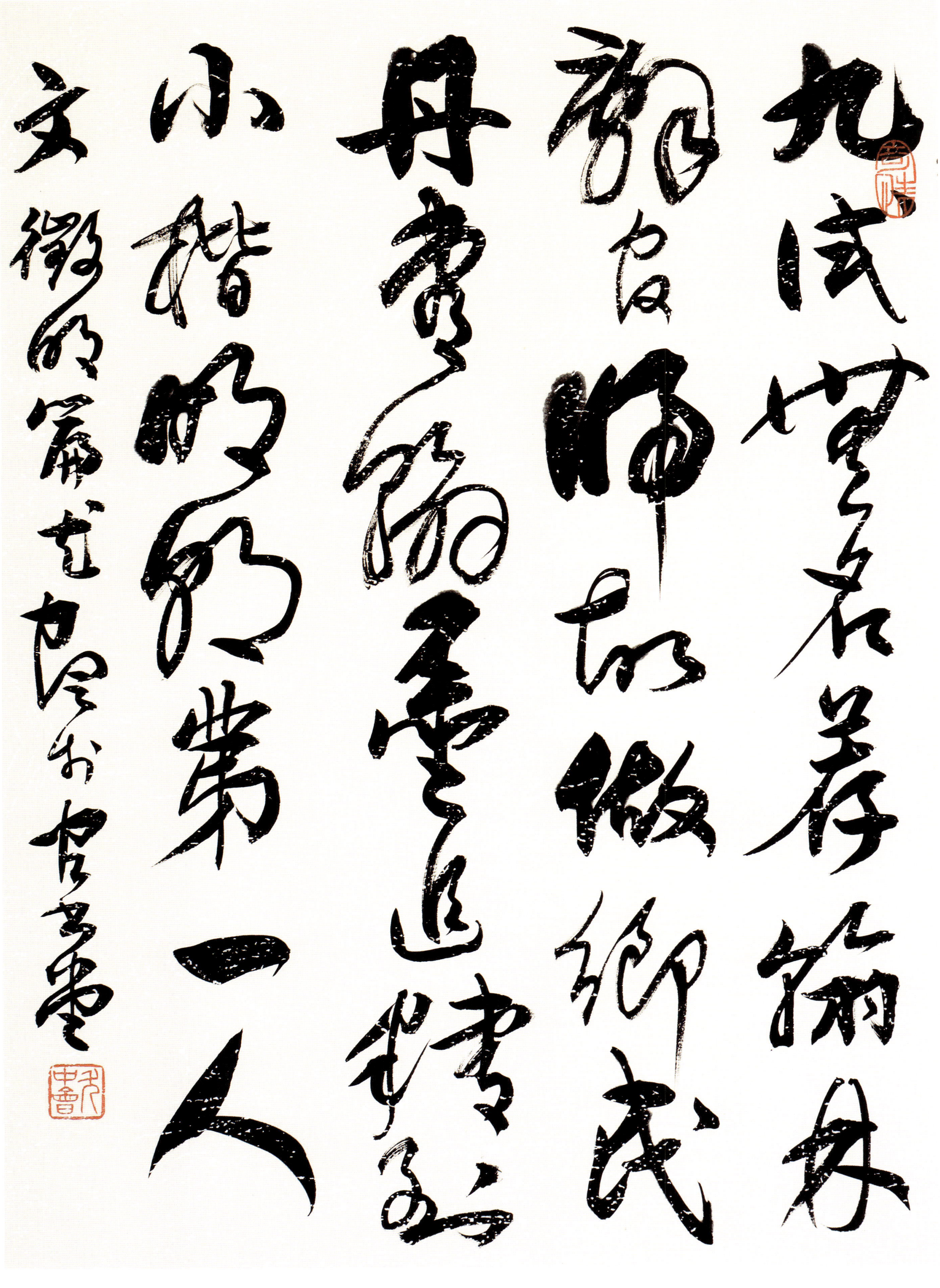

九试无名荐翰林，
辞官归故做乡民。
丹青翰墨追精到，
小楷明朝第一人。

39

衰苇疏荻萧瑟韵——明 董其昌①

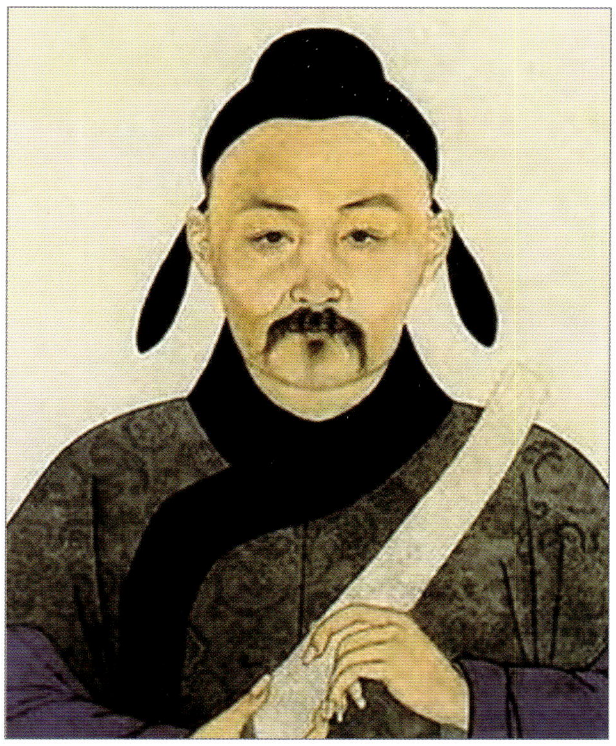

董其昌像

疏旷空灵画境新，
翰风简散②字超群。
评书论卷出奇句③，
德品存疑④史到今。

[注释]

①董其昌（一五五五至一六三六年），字玄宰，号思白，别号香光居士，松江华亭（今上海市）人。明朝后期大臣，书画家，鉴赏家。明神宗朱翊钧万历十七年（一五八九年），董其昌中进士，授翰林院编修，官至南京礼部尚书。董其昌擅画山水，师法董源、巨然、黄公望、倪瓒，笔致清秀中和，恬静疏旷。用墨明洁隽朗，温敦淡荡。青绿设色，古朴典雅。以佛家禅宗喻画，倡『南北宗』论，为『华亭画派』代表人物，其画及画论对明末清初画坛影响甚大。书法出入晋唐，自成一格，兼有『颜骨赵姿』之美。代表作有《白居易琵琶行》、《草书诗册》、《烟江叠嶂图跋》等。明思宗朱由检崇祯九年（一六三六年）卒，年八十一岁。

②翰风简散：翰风，即书风。简散，简疏萧散。

③奇句：惊人之句。董氏常对前人书画评鉴题跋，时出妙语，如『右军如龙，北海如象』，『晋人书取韵，唐人书取法，宋人书取意』等名句就出于他的笔下。

④德品存疑：董其昌在官场上见风使舵，极善投机，玲珑于东林党与阉党之间，见时局对己不利，立马称病归故，时官时隐，进退得宜。董氏横行乡里，欺男霸女，其人品德行在历史上一直存在较大争议。

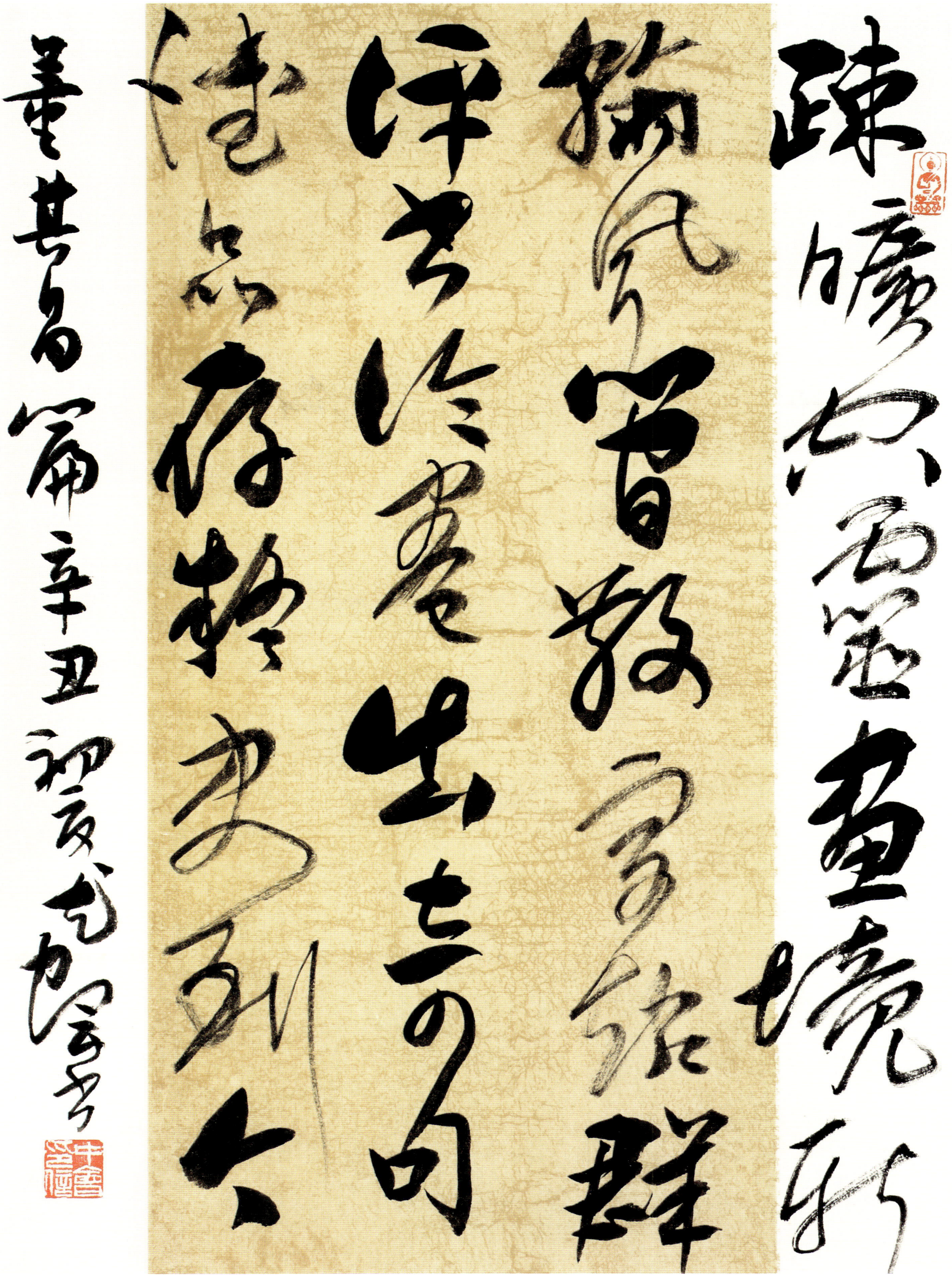

疏旷空灵画境新，
翰风简散字超群。
评书论卷出奇句，
德品存疑史到今。

40

剑走偏锋透冷寒——明 张瑞图①

张瑞图像

少借庵灯②读五经，
探花③堕入魏阉营④。
罢官归故⑤研书画，
剑走偏锋⑥险怪风。

[注释]

①张瑞图（一五七〇至一六四四年），字长公，无画，号二水、果亭山人、芥子、白毫庵主、白毫庵主道人、平等居士等。晋江二十七都下行乡（今福建省晋江市青阳下行乡）人，明代官员、书画家。明万历三十五年（一六〇七年）中进士第三名，探花，授翰林院编修，后以礼部尚书入阁，晋建极殿大学士，加少师，后堕入魏忠贤阉党。崇祯三年（一六三〇年），因魏忠贤生祠碑文多出其手，被划为阉党成员。张瑞图以擅书名世，于钟繇、王羲之之外另辟蹊径，书法奇逸，峻峭劲利，笔势生动，奇姿横生。与董其昌、邢侗、米万钟并称晚明『善书四大家』，且有『南张北董』之称。又与黄道周、王铎、倪元璐、傅山并称『晚明五大家』。张瑞图善画，山水效法元代黄公望，作品传世极稀。

②少借庵灯：张瑞图少时家贫，供不起夜读灯油，每天夜晚到村边白毫庵中，借庵灯苦读。

③探花：中国古代科举殿试中对一甲第三名进士的称谓。明万历三十五年（一六〇七年）张瑞图中探花。

④魏阉营：指明末大宦官魏忠贤的『阉党集团』。

⑤罢官归故：张瑞图虽堕入『阉党』，但最后并未列入阉党名单。求退不允，后任考官出事，激怒崇祯帝，被罢官遣归。

⑥剑走偏锋：张瑞图用笔善露锋尖笔入纸，偏锋走笔，使转多折笔，被誉为『侧锋刚腕』、『剑走偏锋』。

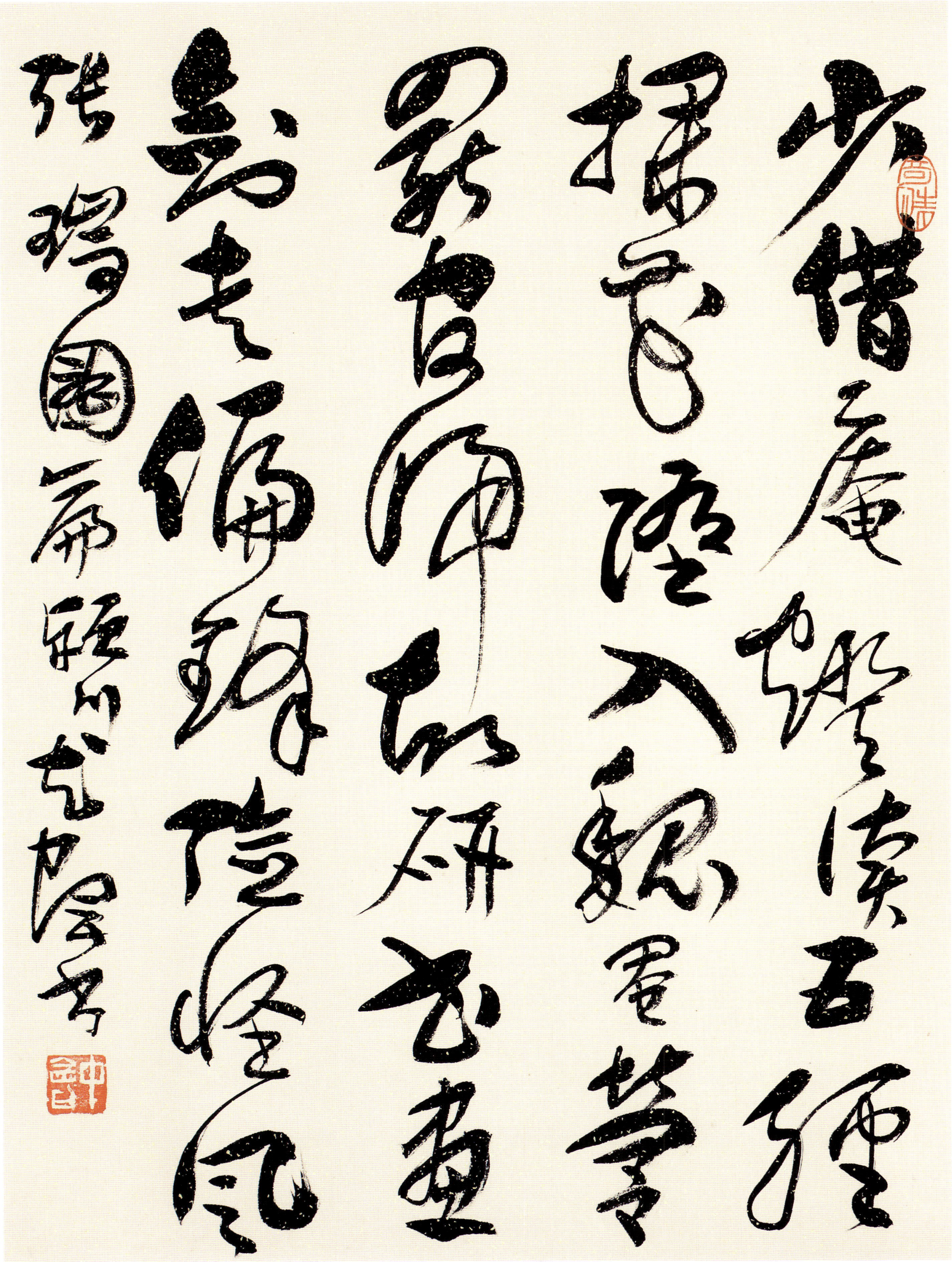

少借庵灯读五经，
探花堕入魏阉营。
罢官归故研书画，
剑走偏锋险怪风。

41

恢宏跌宕神来笔——明 王铎①

王铎像

少小贫寒②苦读攻，
沉浮宦海③流离中。
国亡家破④实无奈，
翰墨诗书铸大成。

[注释]

①王铎（一五九二至一六五二年），字觉斯，一字觉之，号十樵、嵩樵，石樵，又号痴庵、痴仙道人，别署烟潭渔叟、雪塘渔隐、兰台外史、白雪道人、二室山人、云岩漫士等。其十世祖王成从山西平阳府洪洞县迁入孟津邑（今河南省洛阳市孟津区）双槐里。明万历二十年（一五九二年）生于河南省孟津县双槐里。王铎少年时父亲遭乡里富豪陷害，家境十分贫寒，发奋苦读，于明天启二年（一六二二年）中进士，受考官袁可立提携，入翰林院庶吉士。崇祯十六年（一六四三年），王铎为东阁大学士。明亡后入清，授礼部尚书、弘文院学士加太子太保。清顺治九年（一六五二年）病逝故里，享年六十岁，葬于河南府巩义县（今河南省巩义市）洛河边。

王铎为明末清初书画家，博古好学，工诗文、书画。书法与董其昌齐名，有『南董北王』之称。王铎草书郁勃纵逸，放而不流，骨气深厚，有『神笔王铎』之称。作品有《拟山园帖》和《琅华馆帖》等，绘画作品有《雪景竹石图》等。

②少小贫寒：王铎幼家贫，一日不能两粥，且人多粥少，无奈以野菜充饥。

③沉浮宦海：王铎身为朝廷高官，因派别斗争，政见不同，要求外任，几经起伏后，又因战乱流离江湖。明亡后降清，沦为『二臣』。

④国亡家破：王铎为官时期正逢明王朝内乱外患濒临灭亡之际。为躲战乱，携家人先后流落于河北、江苏、湖北之间。妻子病死在江苏桃源小舟中，三妹、幼子、四子皆死于逃难途中。

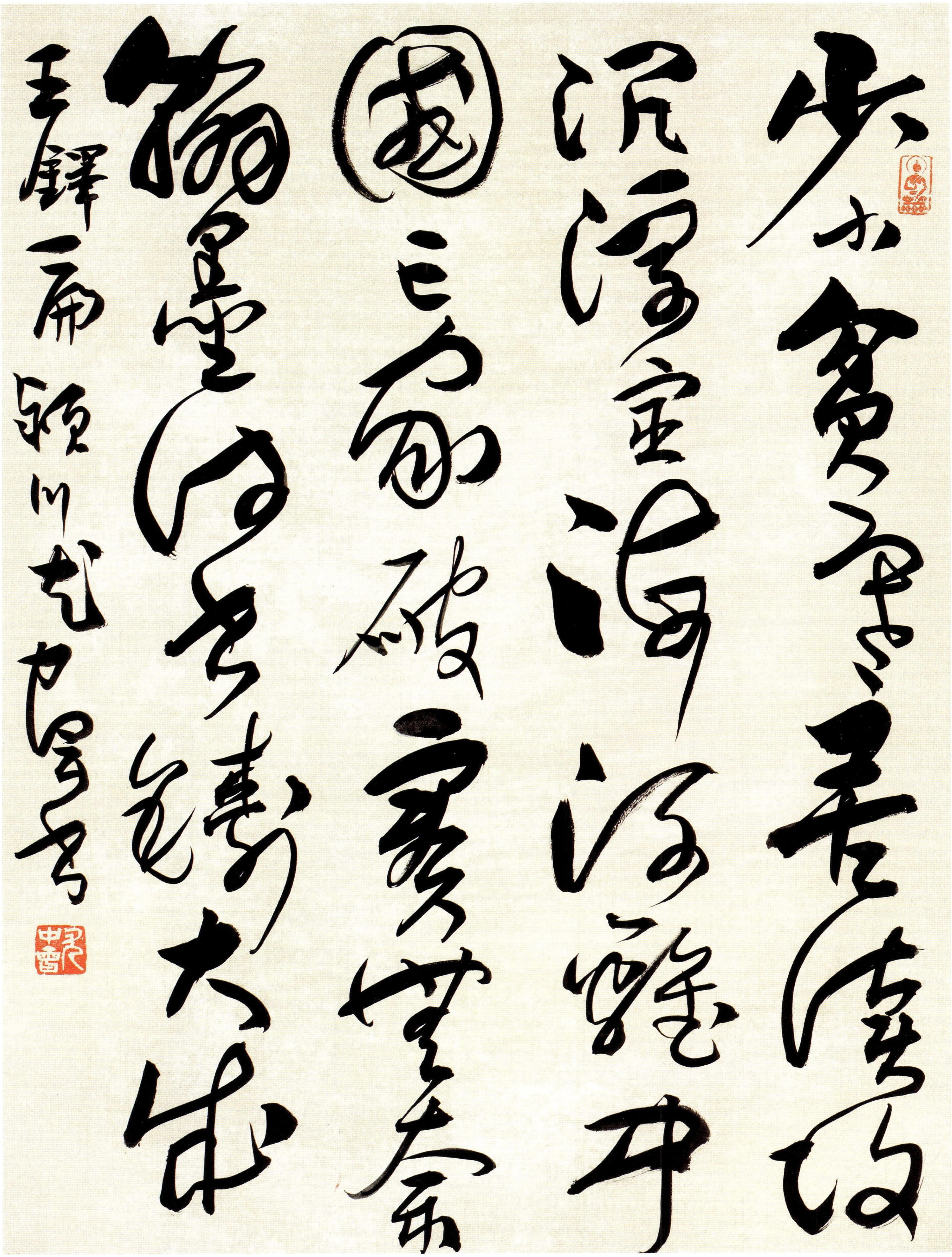

少小贫寒苦读攻，
沉浮宦海流离中。
国亡家破实无奈，
翰墨诗书铸大成。

42

墨撼云山气不群——明 傅山①

傅山像

禅医道画②尽精研，
风骨节操气撼山③。
四宁四毋④传字理，
纵横跌宕写云烟。

[注释]

①傅山（一六〇七至一六八四年），太原府阳曲县（今山西省太原市阳曲县）人。初名鼎臣，字青竹，改字青主。号真山、石道人、松侨老人等。明亡后，着朱色衣，居土穴中，自号朱衣道人，以示对明朱氏王朝的怀恋。傅山为明清之际著名学者、思想家、道学家、医学家、书法家。傅山对哲学、医学、儒学、佛学、诗歌、书法、绘画、金石、武术、考据等无所不通。他自觉继承道家学派的思想文化，极力推崇老庄之学，自称『老大学老庄者也』、『吾师庄先生』、『老庄之徒』。对老庄的『道法自然』、『无为而治』、『泰初有无』、『隐而不隐』等命题，都作了认真研究与阐发。他与顾炎武、黄宗羲、王夫之、李颙、颜元一起被梁启超称为『清初六大师』。他精研国医，有《傅青主女科》《傅青主男科》等医学专著传世，有『医圣』之名。

傅山善画山水，皴擦不多，丘壑磊砢，风格古拙奇特，以骨胜，作墨竹亦有清气。书法兼分隶及金石篆刻，其草书繁而不乱，郁勃浑脱，有逸岩之态。

②禅医道画：傅山除经、子、史、集外，通研禅学、医学、道学、画学，尤精国医，且有医学论著传世。

③气撼山：民族气节，可撼群山。傅山一生极重民族大义，坚守『富贵不能淫，贫贱不能移，威武不能屈』的风骨气节，他是明末清初保持民族气节的典范人物。

④四宁四毋：傅山倡导『宁拙毋巧，宁丑毋媚，宁支离毋轻滑，宁真率毋安排』的『四宁四毋』书学主张。

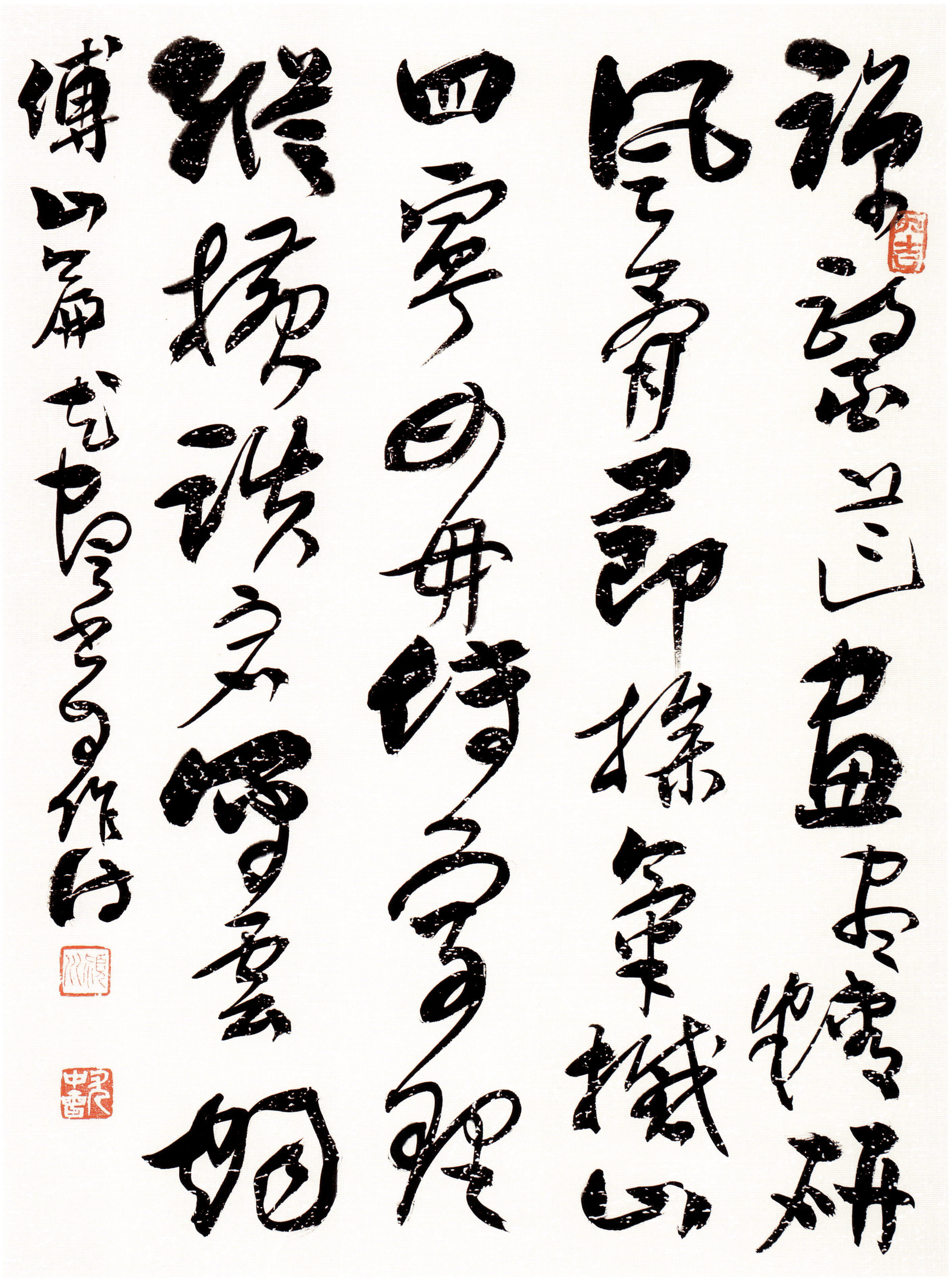

禅医道画尽精研，
风骨节操气撼山。
四宁四毋传字理，
纵横跌宕写云烟。

43

六分半墨宗秦汉——清 郑板桥①

郑板桥像

济民放赈②誉乡间，
掷掉乌纱③不为官。
两袖清风④归故去，
奇诗妙画怪书⑤传。

[注释]

①郑板桥（一六九三至一七六六年），原名郑燮，字克柔，号理庵，又号板桥，人称板桥先生，江苏兴化（今江苏省兴化市）人，祖籍苏州。康熙秀才，雍正十年举人，乾隆元年（一七三六年）进士。官山东范县、潍县县令，政绩显著。后辞官归故，客居扬州，卖画为生，为『扬州八怪』重要代表人物。郑板桥一生只画兰、竹、石，自称『四时不谢之兰，百节长青之竹，万古不败之石，千秋不变之人』。清代书画家、文学家，其诗书画，世称『三绝』，他是清代有代表性的文人画家。代表作品有《修竹新篁图》、《清光留照图》、《兰竹芳馨图》、《甘谷菊泉图》、《丛兰荆棘图》等，著有《郑板桥集》。

②济民放赈：乾隆十一年（一七四六年），郑板桥任潍县令，山东发生大饥荒，经常发生人吃人现象，他『得志则泽加于民』，在没有向朝廷申报情况下，开仓赈济，拯救灾民，名誉乡间。

③掷掉乌纱：郑板桥体恤民情、周济百姓的种种举措，引起贪官污吏、恶豪劣绅的不满，且触怒了上司，在面临罢官情况下，愤然辞官归故。

④两袖清风：郑板桥归故临行之时，雇了三头毛驴，一头自己骑，一头驮行李，一头让人骑着在前边领路。一位做了十二年知县的官员，如此清廉，两袖清风，史上少见。

⑤怪书：郑板桥书法宗法秦篆汉隶，章法如乱石铺街，自称『六分半书』。

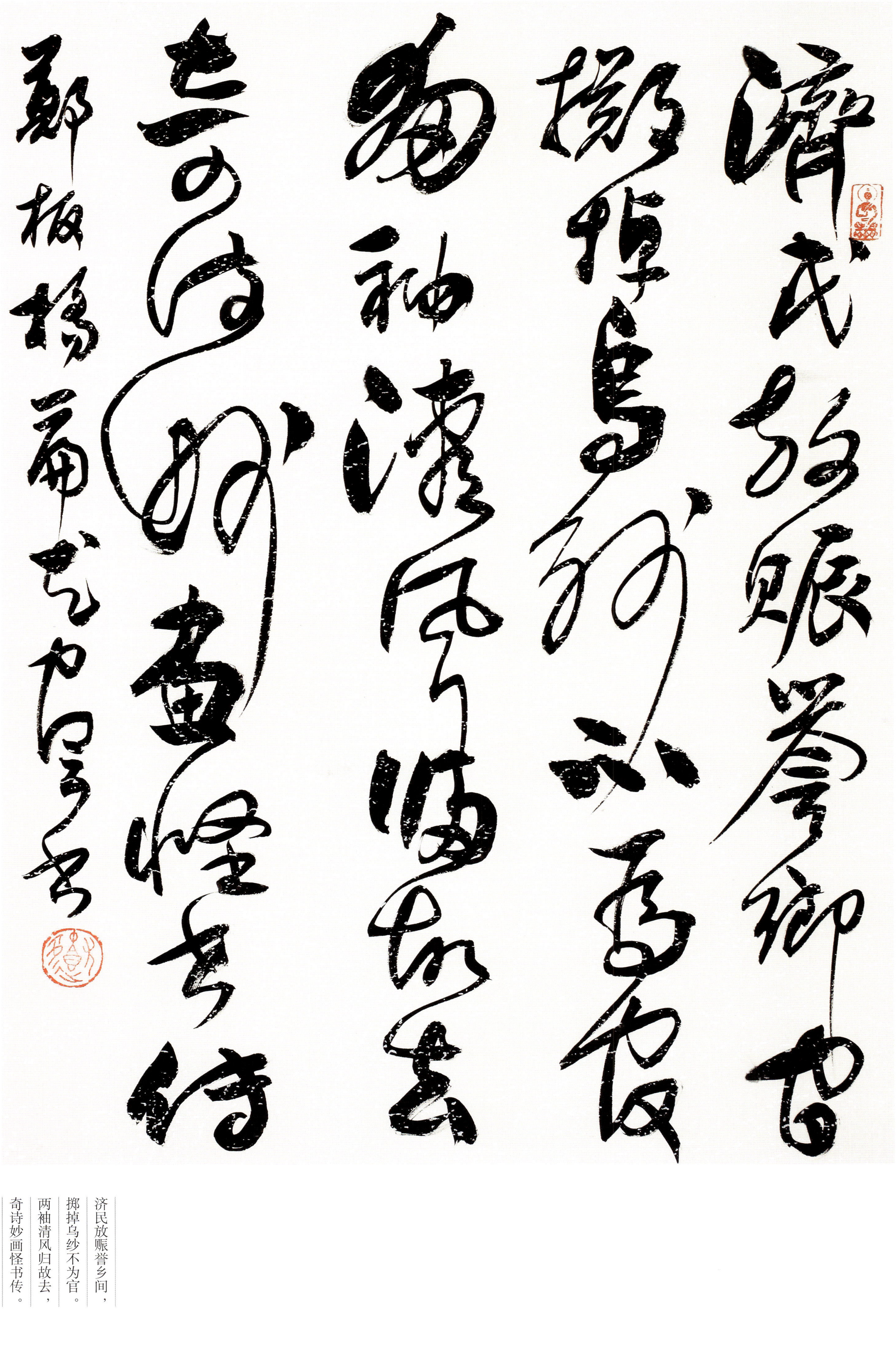

济民放赈誉乡间，
掷掉乌纱不为官。
两袖清风归故去，
奇诗妙画怪书传。

44

浓重敛锋宰相墨——清 刘墉①

刘墉像

出身世宦孝皇尊，
痛恶奸贪②斗佞臣③。
浓重丰盈宰相墨④，
锋芒不露意深沉。

[注释]

①刘墉（一七一九至一八〇四年），字崇如，号石庵，出生于山东诸城，清宫大学士刘统勋长子，乾隆十六年（一七五一年）进士，历任翰林院庶吉士、太原知府、江宁知府、内阁学士、体仁阁大学士等职。以奉公守法、一丝不苟、光明正大、清正廉洁闻名于世。清朝著名政治家、书法家。刘墉的书法造诣深厚，是清代著名的帖学大家，因书迹用墨浓重，人称『浓墨宰相』。嘉庆九年（一八〇四年）十二月刘墉病逝，终年八十五岁，追赠太子太保，赐谥号『文清』。

②奸贪：奸，指奸臣，即对君主不忠、弄权施诈的误国之臣。贪，指贪官，即以权谋私、贪赃枉法、迷恋钱财的官员。

③佞臣：指阴险奸邪，善于奉承谄媚的臣子。

④宰相墨：指『浓墨宰相』刘墉的书法墨迹。清朝并没有宰相设置，刘墉官至内阁大学士，相当于宰相职务，故称『宰相』。

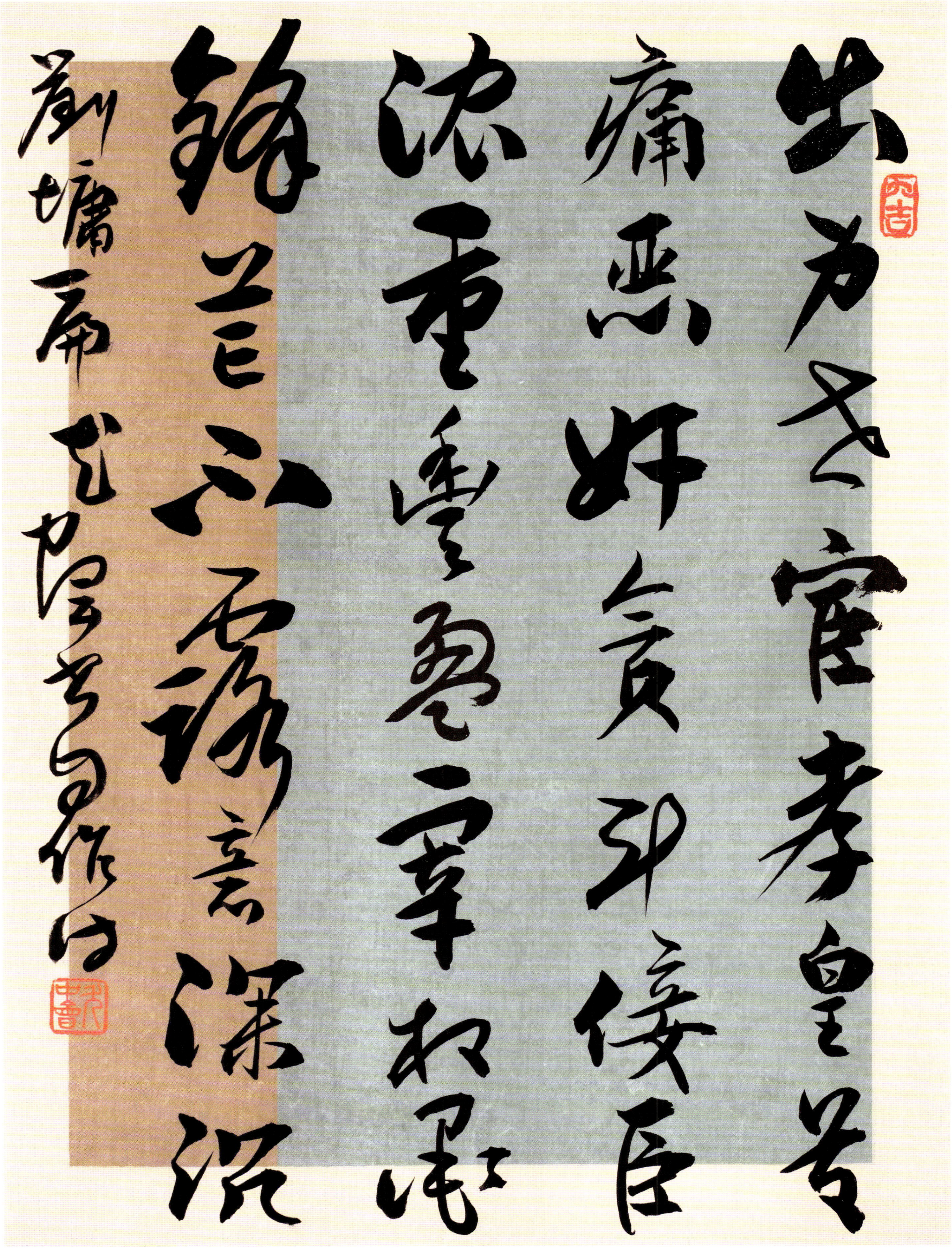

出身世宦孝皇尊，
痛恶奸贪斗佞臣。
浓重丰盈宰相墨，
锋芒不露意深沉。

45

秀疏简淡探花风——清　王文治①

王文治像

年少诗书显大名，
罢归太守②潜佛经。
毫端蕴秀播春雨，
淡墨探花③简散成。

[注释]

①王文治（一七三〇至一八〇二年），字禹卿，号梦楼，江苏丹徒（今江苏省镇江市）人，十二岁开始吟诗作书，清代官员、诗人、书法家。乾隆二十五年（一七六〇年）殿试，王文治中进士一甲第三名探花，授翰林院编修，擢侍读，官至云南临安知府，因失察罢官，岁未五十。后官复原职，但已看透官场黑暗，遂自罢归家养母，潜心书画，研究佛学，醉心戏曲。王文治诗风雄逸宏放，有唐人风范。书法追萧疏简淡，以风韵取胜，有『淡墨探花』『淡墨翰林』之美誉。有《梦楼诗集》、《快雨堂题跋》传世。

②罢归太守：乾隆二十九年（一七六四年），王文治任云南临安知府，因失察被罢官，官复原职后，已无意仕进，自罢归家养母，悉心于书画、佛学与戏曲的研究，时年不到五十。

③淡墨探花：王文治是乾隆二十五年（一七六〇年）殿试探花，喜淡墨作书，以『简、淡、秀』笔墨手法，追求神志萧散，简淡超脱之格调。开淡墨一派，自成一格，被誉为『淡墨探花』、『淡墨翰林』。

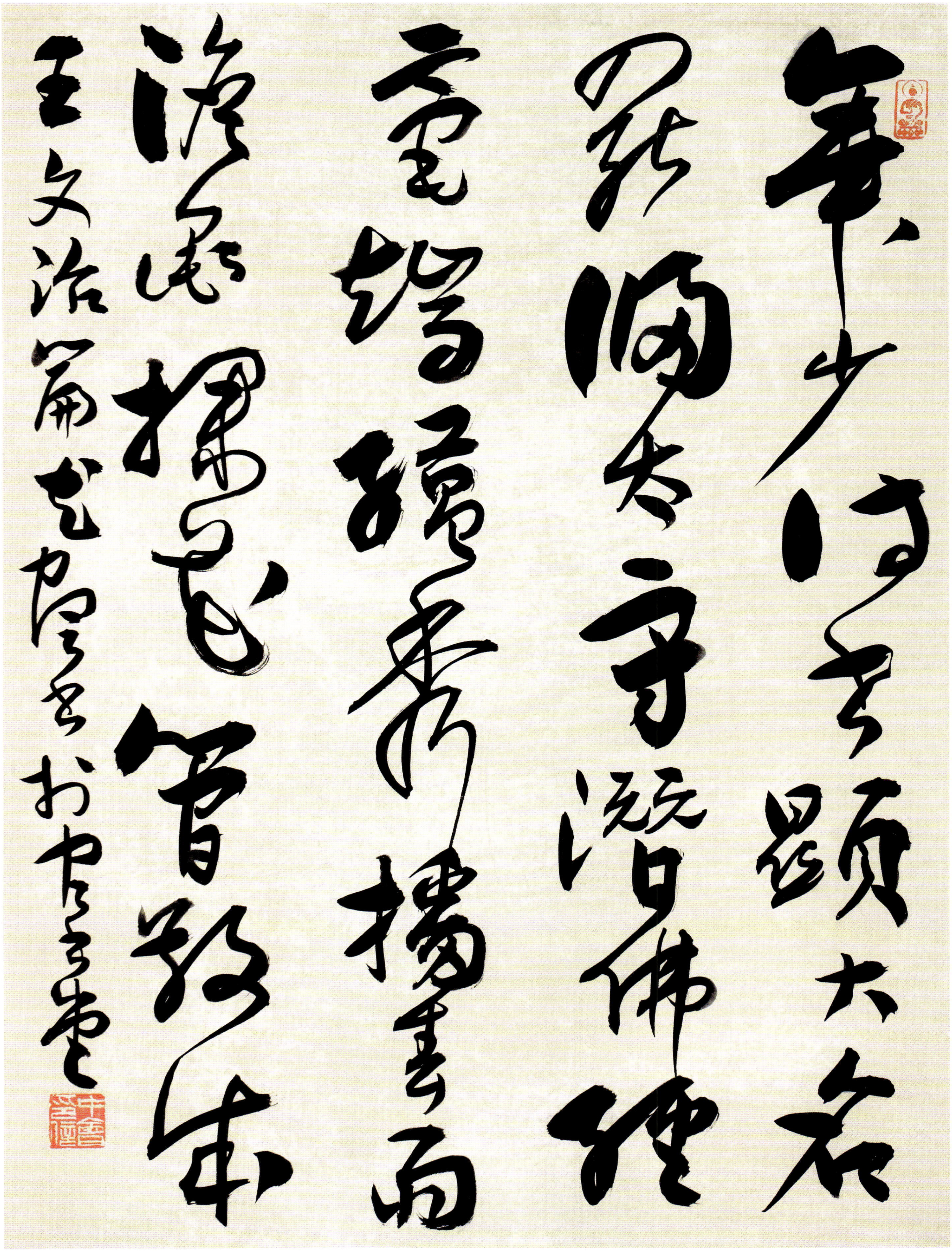

年少诗书显大名，
罢归太守潜佛经。
毫端蕴秀播春雨，
淡墨探花简散成。

46

摹尽碑碣铸大成——清　邓石如①

邓石如像

打柴卖饼②度清贫，
寄客梅园③临翰珍。
摹尽碑碣④秦汉字，
金石篆刻⑤启时新。

[注释]

①邓石如（一七四三至一八〇五年），安徽怀宁（今安徽省安庆市）人。初名琰，字石如，因避嘉庆帝名讳，遂以字行。后更字顽伯，因居皖公山下，自号笈游道人、完白山人、凤水渔长、龙山樵长。少好篆刻，曾客居金陵收藏家梅镠家八年，摹尽所藏秦汉以来金石善本。后游历名山大川，遍临古人碑碣。工四体书，尤长篆书，以秦李斯、唐李阳冰为宗，稍参隶意。邓石如性廉介，以书法篆刻自给。他是清代著名篆刻家、书法家，邓派篆刻创始人，有《完白山人篆刻偶存》传世。

②打柴卖饼：邓石如少时贫穷，读不起书，靠打柴卖饼度日。

③寄客梅园：邓石如酷爱书法金石，十七岁开始外游，以写字刻印为生。经人介绍，寄客金陵举人、收藏家梅镠家长达八载，专心临摹所藏秦汉以来金石善本，为后来的金石书画打下了坚实基础。

④碑碣：泛指碑刻，方顶石碑为碑，圆顶石碑为碣。唐朝对用碑规定很严，五品以上用碑，五品以下用碣。

⑤金石篆刻：金石，指篆刻使用的材料。篆刻，是将篆字刻在金属或石头上。

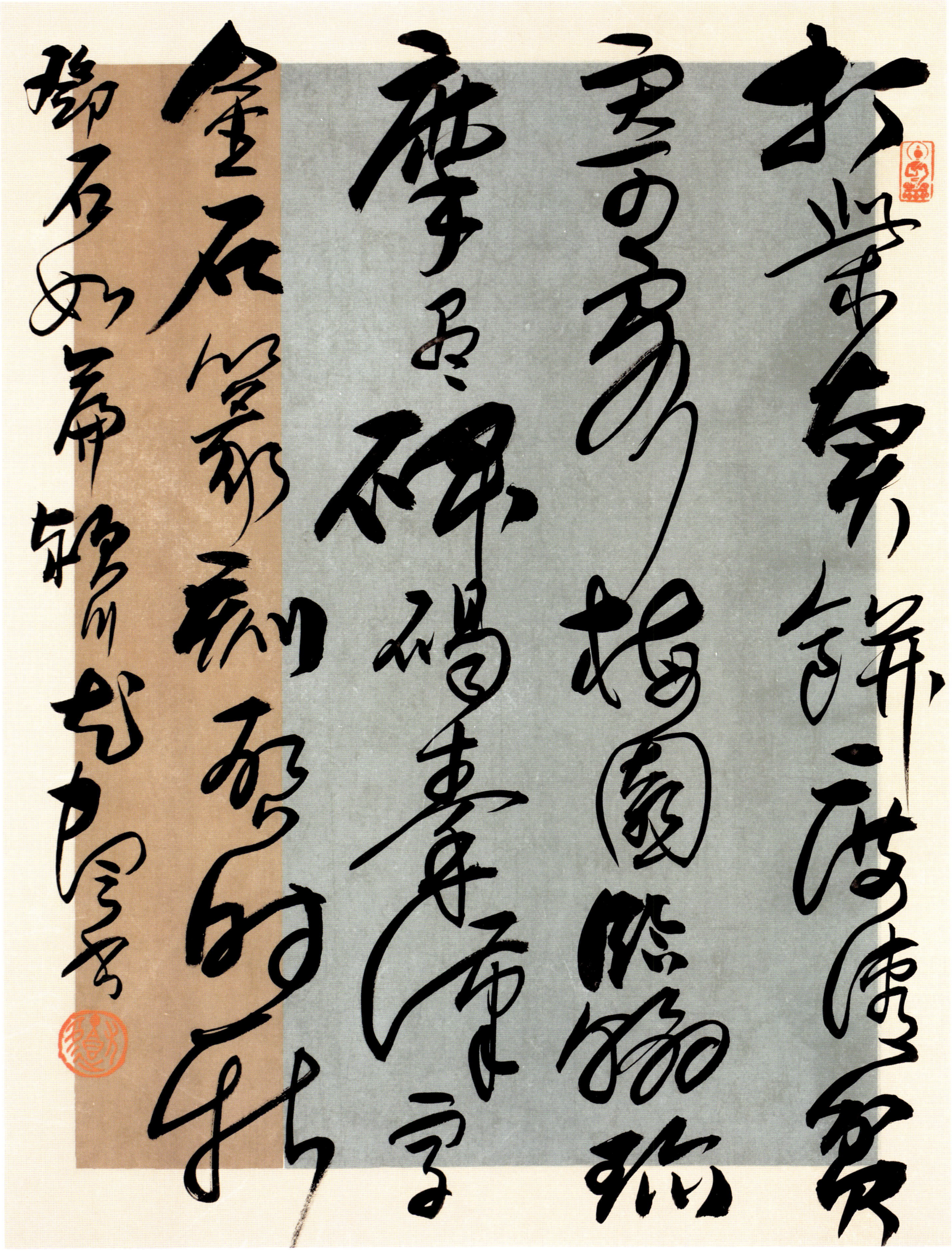

打柴卖饼度清贫，
寄客梅园临翰珍。
摹尽碑碣秦汉字，
金石篆刻启时新。

47

篆分楷草一炉熔——清 何绍基①

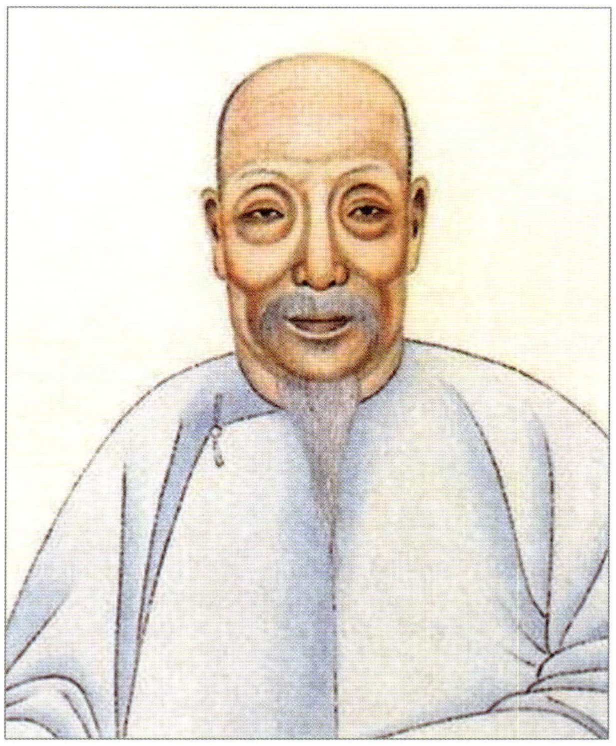

何绍基像

诗追李杜②步苏韩③，
书浸颜公④楷草间。
篆隶真行熔一体，
刚柔纵逸似藤弦⑤。

[注释]

①何绍基（一七九九至一八七三年），字子贞，号东洲，别号东洲居士，晚号蝯叟，湖南道州（今湖南省道县）人。道光十六年（一八三六年）进士，官翰林院编修、国史馆总纂，历充广东乡试考官、提督，视学浙江，典福建等乡试。咸丰初任四川学政，因条陈时务得罪权贵，受谗言所害，被斥为『肆意妄言』，免除学政职务，降官调职，遂辞官讲学。何绍基博涉群书，通经史，考证《礼经》，于六经子史，皆有论述。晚年主山东泺源、长沙城南、苏州扬州诸书院，提携后进颇多。书法初学颜真卿，精金石碑版，纳汉融魏而自成一家，尤长草书。为晚清诗人、画家、书法家，有『清代书法第一人』之誉。同治十二年（一八七三年）七月初，何绍基忽患痢下，昼夜数十起，元气骤亏，至二十日丑时，病逝于苏州省寓，终年七十四岁，葬于长沙南郊苦竹坡。

②李杜：指唐代诗人李白、杜甫。

③苏韩：苏，指宋代文学家、书法家、诗人苏轼。韩，指唐代文学家、诗人韩愈。

④颜公：唐代书法家颜真卿。因颜真卿被封为鲁郡公，故人称『颜鲁公』。

⑤似藤弦：何绍基书法师颜真卿之雄峻劲健，熔篆隶真行为一炉，线质朴厚沉毅，老辣韧健，犹如万岁之枯藤，强弩之筋弦。

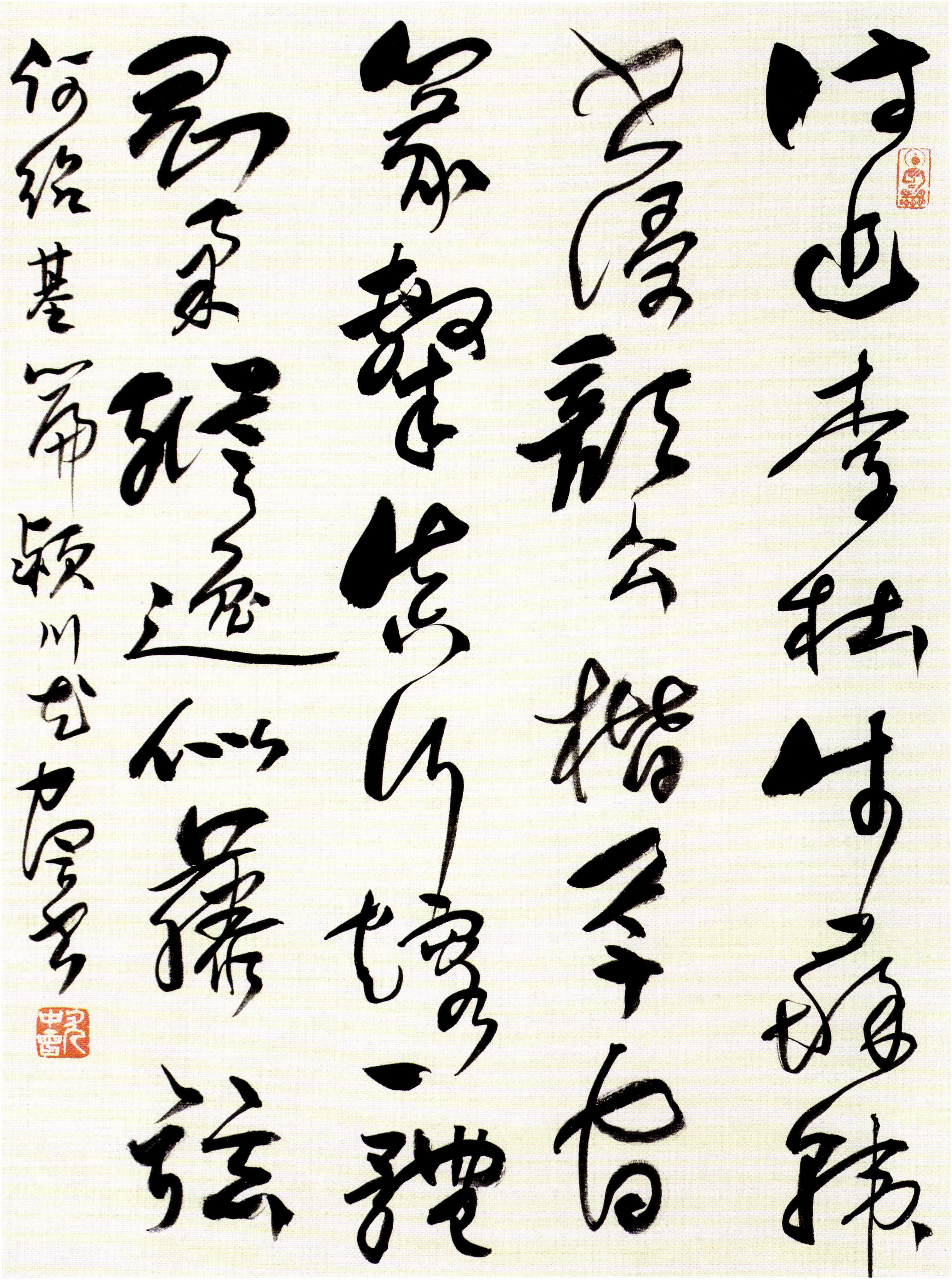

诗追李杜步苏韩，
书浸颜公楷草间。
篆隶真行熔一体，
刚柔纵逸似藤弦。

48

碑体楷书气骨铮——清 张裕钊①

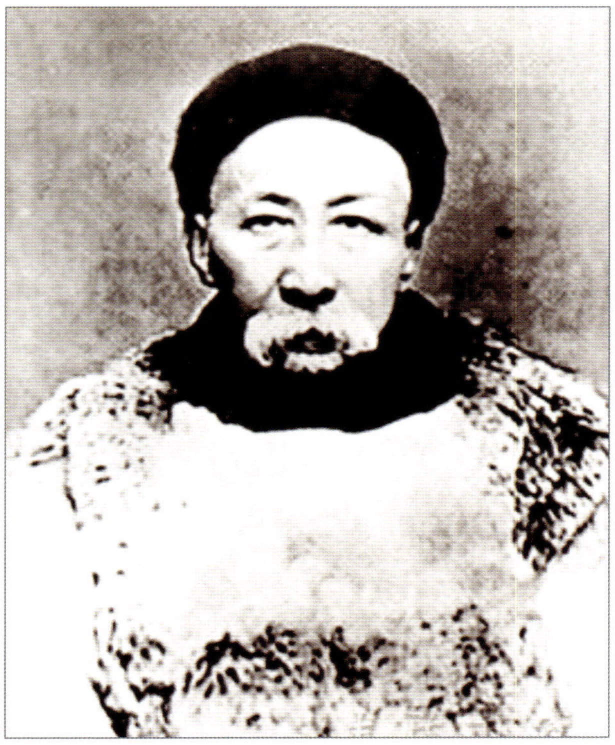

张裕钊像

曾公②门下誉高足③，
校勘讲学育俊徒。
笔法构形④宗楷魏，
方圆险劲造奇书⑤。

[注释]

①张裕钊（一八二三至一八九四年），字廉卿，号濂亭，湖北省鄂州市东沟镇龙塘张村人。道光二十六年（一八四六年）中举，考授内阁中书。后入曾国藩幕府，参与文声，被曾国藩推许为『可期有成者』，为『曾门四弟子』之一。张裕钊淡于仕宦，自言『于人世都无所嗜好，独自幼酷喜文事』。因无意仕途而辞官为文，讲学于武昌，继讲于江宁、直隶、陕西各大书院，培养学生甚众，范当世、马其昶等都出其门下。其书法独辟蹊径，融北碑南帖于一炉，创造了影响晚清书坛百年之久的『张体』，康有为有『千年以来无与比』之评价。为清代散文家、教育家、书法家。

②曾公：指张裕钊恩师曾国藩。

③高足：对别人优秀弟子的敬称。张裕钊为『曾门四弟子』之一，故称『曾氏高足』。

④构形：指字的间架结构和体势形态。

⑤奇书：指张裕钊独创的『碑体楷书』，风格奇异，人称『张体』。

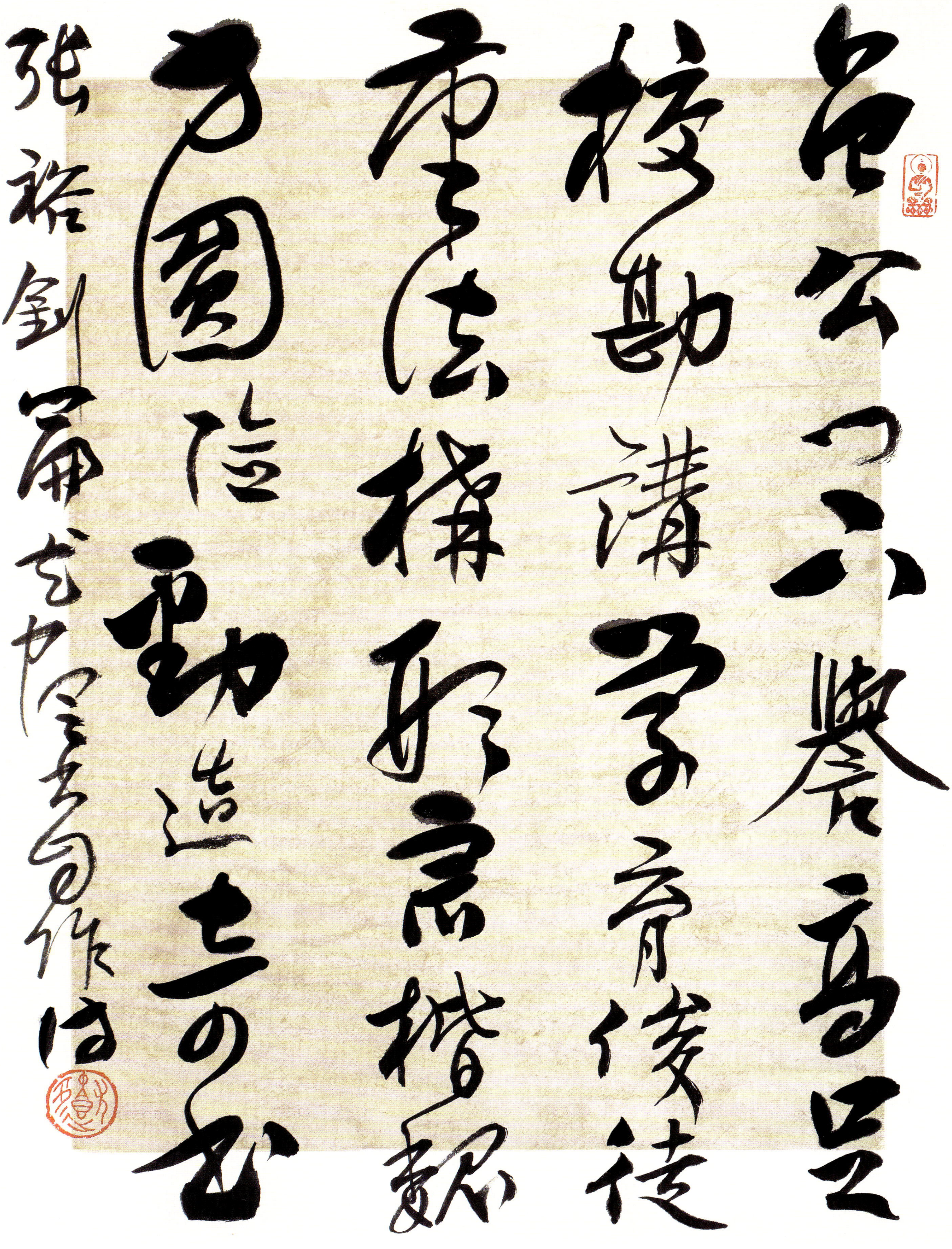

曾公门下誉高足，
校勘讲学育俊徒。
笔法构形宗楷魏，
方圆险劲造奇书。

49

辟径前人无到处——清 赵之谦①

赵之谦像

真行篆隶一炉熔，

魏底颜风②冶化成，

辟径前人无去处③，

金石入画气恢宏。

[注释]

①赵之谦（一八二九至一八八四年），浙江会稽（今浙江省绍兴市）人。初字益甫，号冷君，后改字撝叔，号悲庵、梅庵、无闷等。自幼攻读习书，博闻强识。曾参加过三次会试，皆未中。四十四岁时任《江西通志》总编，官至江西鄱阳、奉新、南城知县，五十五岁卒于任上。为清代著名书画家、篆刻家。与任伯年、吴昌硕并称『清末三大画家』。

②魏底颜风：赵之谦初学颜真卿，后取法六朝碑刻，用笔婉转圆通，创造出以魏碑为底、以颜书为面的魏体新风，人称『魏底颜面』。

③辟径前人无去处：赵之谦的治学宗旨是『知前人到处，到前人未到处』，『知前人之所画，画前人之所未画』，强调到前人未到过的地方开辟新径。

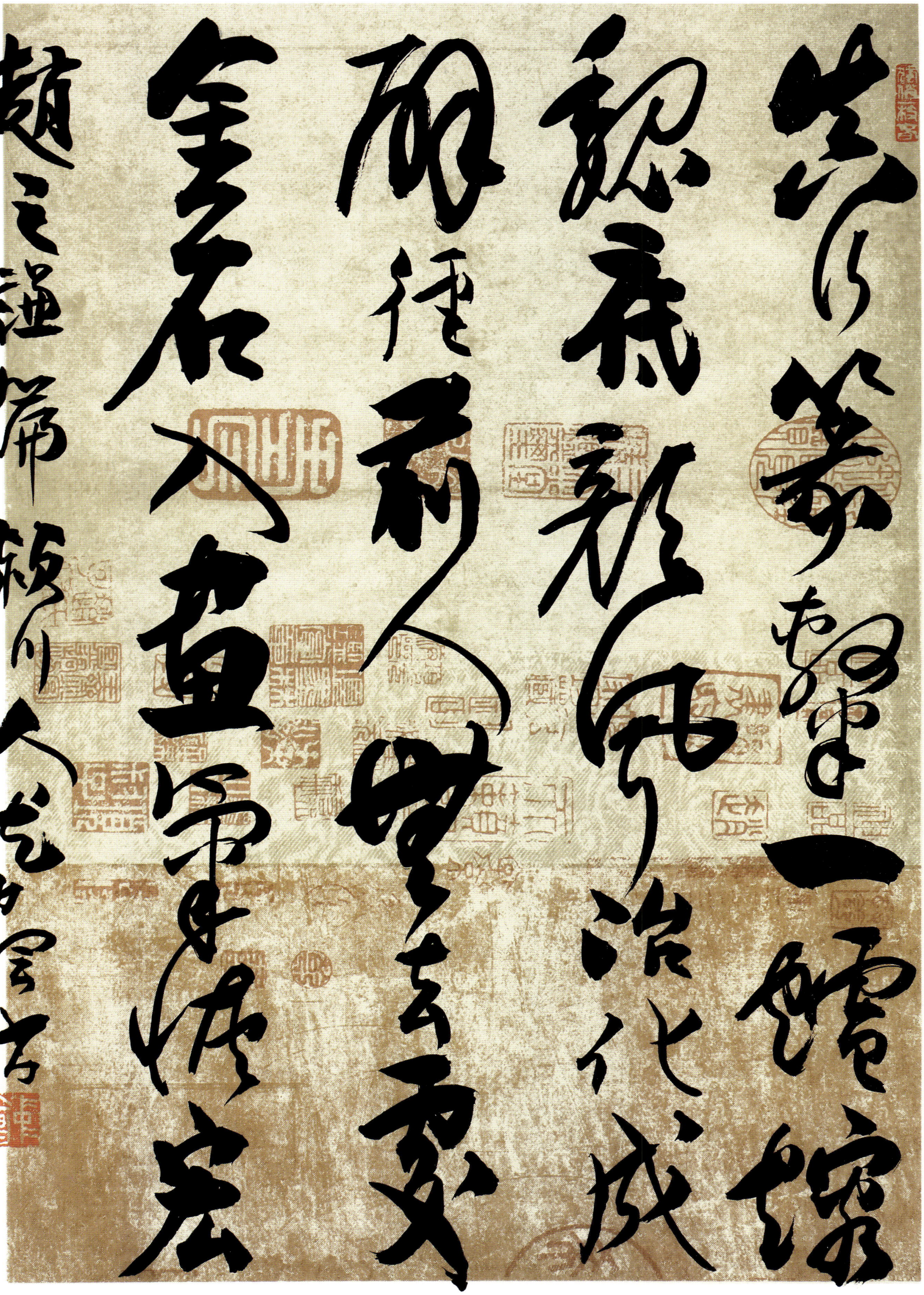

真行篆隶一炉熔，
魏底颜风治化成，
辟径前人无去处，
金石入画气恢宏。

50

书印丹青石鼓魂——清 吴昌硕①

吴昌硕像

避乱流亡②抗日军③，
精临石鼓④铸书魂。
草风篆意⑤丹青韵，
主领西泠第一人⑥。

[注释]

①吴昌硕（一八四四至一九二七年），初名俊，又名俊卿，字昌硕，又署仓石、苍石。多别号，常见者有仓硕、老苍、老缶、苦铁、大聋、缶道人、石尊者等。浙江省孝丰县（今浙江省湖州市安吉县）鄣吴村人。晚清及民国时期著名画家、书法家、篆刻家。与任伯年、蒲华、虚谷合称『清末海派四大家』。他集诗、书、画、印为一身，融金石书画为一炉，造诣极深，被誉为『石鼓篆书第一人』、『文人画最后的高峰』。他是『天下第一名社』——西泠印社首任社长，为晚清以来金石书画旗帜性人物。

②避乱流亡：吴昌硕十七岁时，遇太平军与清兵战事，在避乱逃难中，全家只有他与父亲生还，后又与父失散，孤身流亡于安徽、湖北一带，以野果、树皮、草根充饥，偶靠打杂做短工度过了长达五年的流亡生活。

③抗日军：一八九四年，中日甲午战争爆发，五十岁的吴昌硕忧国忧民，毅然随参佐吴大澄北上抗日。

④精临石鼓：吴昌硕中年以后，精临《石鼓文》几十年，他是第一个把大篆《石鼓文》临出个性特点的人，被誉为『石鼓篆书第一人』。

⑤草风篆意：吴昌硕以篆隶、狂草笔法入画，墨饱色酣，雄健古拙，草风篆意，面貌一新。

⑥主领西泠第一人：西泠印社创办于一九〇四年，吴昌硕被推举为首任社长。

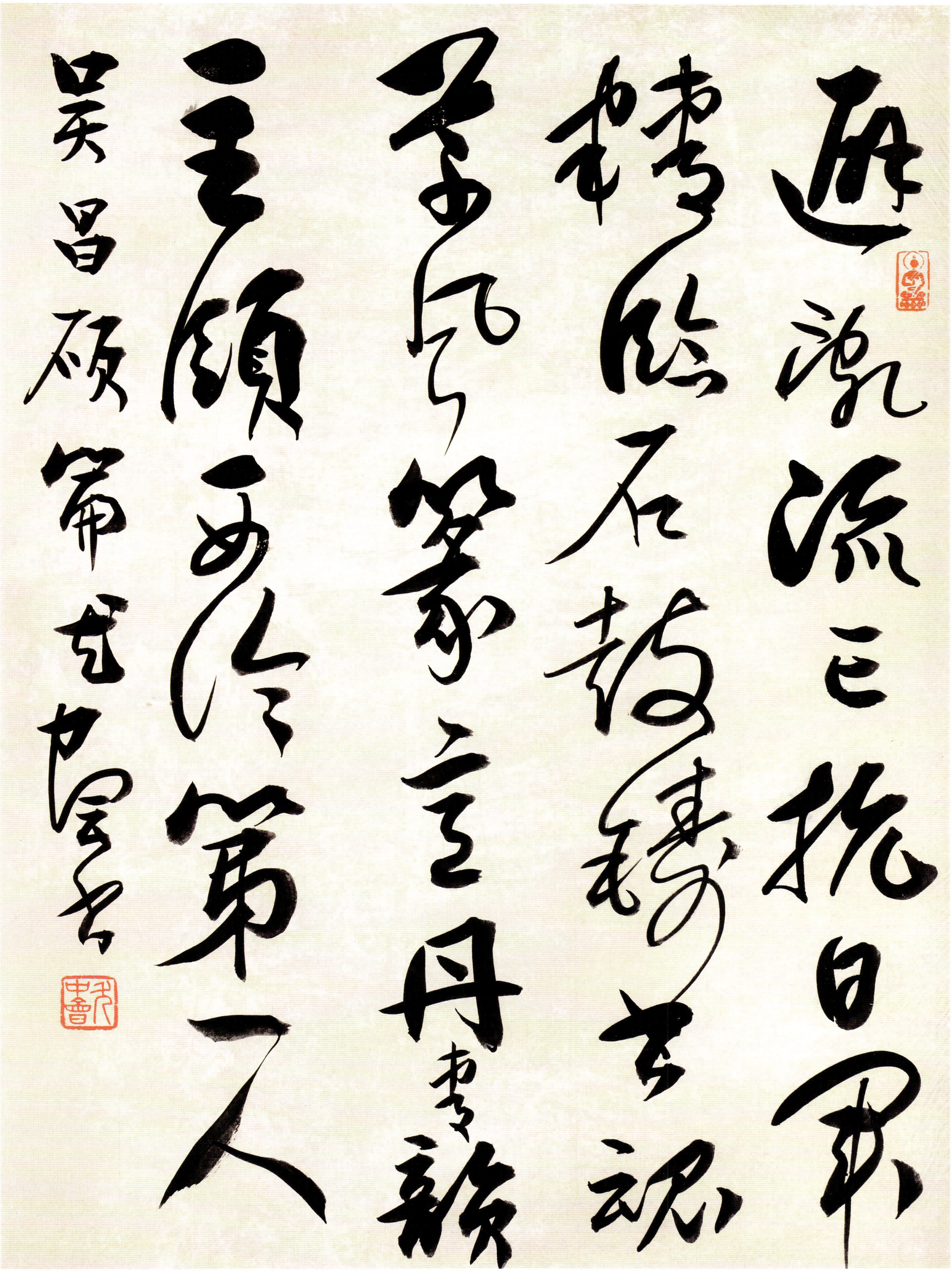

避乱流亡抗日军，
精临石鼓铸书魂。
草风篆意丹青韵，
主领西泠第一人。

中国古代翰墨五十家简表

（前二二一至一九一一年）

（以生年排序）

序号	朝代	姓名	生卒年	籍贯	科举出身	任职	艺术专长	师承	代表作品	史上称誉	去世原因
01	秦	李斯	前二百八十四至前二百零八	河南上蔡		丞相	大篆、小篆	荀子	《琅琊刻石》、《峄山碑》、《会稽刻石》等	政治家、文学家、书法家，改大篆为小篆，人尊『小篆之祖』，秦统一文字大业开创和主持者	因赵高所忌入牢，被腰斩于咸阳闹市，七十六岁
02	秦	程邈	生卒不详	陕西渭南		御史	草篆	李斯		书法家，『隶书之祖』	不明
03	西汉	史游	生卒不详			黄门令	章草		《急就篇》	书法家，人称『章草之祖』	不明
04	东汉	许慎	五十八至一百四十七	河南漯河召陵		太尉南阁祭酒	大篆、小篆	贾逵	《说文解字》	经学家，古文字学家，人尊『文字祖』	病逝于召陵故里，八十九岁
05	东汉	蔡邕	一百三十三至一百九十二	河南杞县		左中郎将	隶书、飞白书	胡广、司徒乔	《熹平石经》，创『飞白书』	东汉大儒，经学家、书法家、书法理论家。范文澜先生称：『《熹平石经》是对汉以前书法的总结，隶书的最高境界』	被王允狱杀，五十九岁
06	东汉	张芝	？至一百九十二	甘肃酒泉瓜州		隐士	章草、今草	杜度、崔瑗	《冠军帖》、《终年帖》等	书法家，『草圣』。史尊『草书之祖』	不明
07	东汉	钟繇	一百五十一至二百三十	河南许昌		太傅	隶书、楷书	刘德升、蔡邕、蔡文姬	《受禅表碑》、《宣示表》、《贺捷表》、《还示帖》、《长风帖》等	政治家、书法家，史尊『楷书之祖』『中华楷圣』	病逝，七十九岁
08	三国	皇象	生卒不详	江苏扬州		青州刺史	章草、篆书	史游	《急就篇》、《天发神谶碑》	书法家，『吴中八绝』之一，《急就章》被称为『章草书的规范者』，『研习章草的最佳范本』	不明
09	西晋	索靖	二百三十九至三百零三	甘肃敦煌		酒泉太守	章草	张芝	《出师颂》	军事家、文学家、书法家，『敦煌五龙』之一，其章草被誉为『银钩虿尾』，与尚书令卫瓘并称『一台二妙』	战伤而死，六十四岁
10	西晋	陆机	二百六十一至三百零三	江苏苏州		平原内史	行书		《平复帖》	军事家、文学家，《平复帖》被称为『中华第一墨迹』『法帖之祖』	遭馋言被杀，四十二岁

序号	朝代	姓名	生卒年	籍贯	科举出身	任职	艺术专长	师承	代表作品	史上称誉	去世原因
11	西晋	卫铄	二百七十二至三百四十九	山西夏县			小楷	钟繇	《名姬帖》、《笔阵图》	书法家、书法理论家，书圣王羲之启蒙老师	病逝，七十七岁
12	东晋	王导	二百七十六至三百三十九	山东临沂		丞相	行书、草书	张芝、钟繇、卫瓘	《省示帖》	政治家、书法家	病逝，六十三岁
13	东晋	王羲之	三百零三至三百六十一	山东临沂		会稽太守、右军将军	行书、草书	卫夫人、钟繇、张芝	《黄庭经》、《乐毅论》、《兰亭集序》、《平安帖》等	文学家、书法家、书法理论家，《兰亭集序》被誉为『天下第一行书』，史尊『书圣』	病逝，五十八岁
14	东晋	王献之	三百四十四至三百八十六	浙江绍兴（祖籍山东临沂）		中书令	行书、草书	王羲之	《洛神赋十三行》、《中秋帖》等	王羲之第七子，政治家、书法家，与父并称『二王』	病逝，四十二岁
15	东晋	王珣	三百四十九至四百	山东临沂		散骑常侍	行书	钟繇、张芝、王导、王羲之	《伯远帖》	军事家、书法家，《伯远帖》为晋帖唯一真迹，被列为『天下十大行书』之一	病逝，五十一岁
16	北魏	郑道昭	约四百五十五至五百一十六	河南荥阳		青州刺史	魏体	钟繇	《郑文公碑》	诗人、书法家，人称『北方书圣』	暴病而逝，六十一岁
17	隋	智永	生卒不详	浙江绍兴（祖籍山东临沂）		僧人	真书、行书、草书	王羲之	《真草千字文》、《永字八法》	王羲之七世孙，书法家，王氏书风传承者	传百岁乃终
18	唐	欧阳询	五百五十七至六百四十一	湖南长沙		太子率更令	正书、行书	钟繇、魏碑、隋碑	《九成宫醴泉铭》、《化度寺碑》、《仲尼梦奠帖》等	文学家、书法家、书法理论家，『初唐四大家』之一，史上『楷书四大家』之一	病逝，八十四岁
19	唐	虞世南	五百五十八至六百三十八	浙江慈溪		弘文馆学士、银青光禄大夫	正书、行书	智永	《孔子庙堂碑》、《汝南公主墓志铭》等	政治家、诗人、书法家，弘文馆『十八学士』之一，『凌烟阁二十四功臣』之一，『初唐四大家』之一	病逝，八十岁
20	唐	陆柬之	五百八十五至六百三十八	江苏苏州		崇文侍书学士	行书	虞世南	《书陆机文赋》	文学家、书法家，与先祖陆机并称『二陆』	病逝，五十三岁
21	唐	褚遂良	五百九十六至六百五十九	浙江杭州（祖籍河南禹州）		尚书右仆射	楷书	欧阳询、虞世南	《雁塔圣教序》、《倪宽赞》、《枯树赋》等	政治家、书法家，『初唐四大家』之一	病逝，六十三岁
22	唐	李世民	五百九十八至六百四十九	甘肃临洮		唐朝第二代皇帝	行书、草书	王羲之	《温泉铭》、《晋祠铭》、《屏风帖》	军事家、政治家、诗人、书法家，王羲之书风倡导者	过量服长生丹卒于长安，五十一岁
23	唐	孙过庭	六百四十六至六百九十一	河南开封（一说浙江富阳）		录事参军	草书	钟繇、张芝、『二王』	《书谱》	文学家、书法家、书法理论家，被誉为『唐书法第一妙腕』	因贫病交困，逝于洛阳植业里客栈，四十五岁
24	唐	李邕	六百七十八至七百四十七	湖北武汉		北海太守	行书	汉魏、六朝碑版、『二王』	《麓山寺碑》、《李思训碑》等	书法家，行草入碑开拓者，史评其书『北海如象』	被李林甫杖死于北海太守任上，六十九岁

序号	朝代	姓名	生卒年	籍贯	科举出身	任职	艺术专长	师承	代表作品	史上称誉	去世原因
25	唐	张旭	约六百八十五至七百五十九	江苏苏州		金吾长史	楷书、狂草	钟繇、张芝、『二王』	《郎官石柱记》、《古诗四帖》	诗人、书法家，人尊『草圣』，『饮中八仙』之一，『吴中四士』之一	病逝，七十四岁
26	唐	颜真卿	七百零九至七百八十四	陕西西安（祖籍山东临沂）	进士	太子太师、鲁郡公	楷书、行书	『二王』、褚遂良、张旭	《多宝塔碑》、《勤礼碑》、《争座位帖》、《祭侄文稿》等	政治家、书法家，史上『楷书四大家』之一，《祭侄文稿》被誉为『天下第二行书』。	被叛贼李希烈缢杀于河南蔡州龙兴寺，七十五岁
27	唐	怀素	七百三十七至七百九十九	湖南永州		僧人	狂草	张旭、颜真卿	《自叙帖》、《苦笋帖》、《四十二章经》等	书法家，绰号『狂僧』，人称『草圣』，与张旭并称『颠张醉素』	患风痹病圆寂于四川成都宝园寺，六十二岁
28	唐	柳公权	七百七十八至八百六十五	陕西铜川	进士	太子太保	楷书、行书	『二王』、颜真卿	《玄秘塔碑》、《神策军碑》、《蒙诏帖》等	政治家、诗人、书法家，史上『楷书四大家』之一，与颜真卿并称『颜柳』	病逝，八十七岁
29	五代	杨凝式	八百七十三至九百五十四	陕西华阴	进士	左仆射	行书、草书	『二王』、欧阳询、颜真卿	《韭花帖》、《夏热帖》、《神仙起居法》	政治家、诗人、书法家，绰号『杨疯子』，《韭花帖》被誉为『五代兰亭』	病逝，八十一岁
30	宋	蔡襄	一千零一十二至一千零六十七	福建仙游	进士	端明殿学士	楷书、行书	颜真卿	《万安桥记》、《蒙惠帖》、《澄心堂帖》等	政治家、文学家、书法家、茶学家，『宋四大家』之一	病逝，五十五岁
31	宋	苏轼	一千零三十七至一千一百零一	四川眉山	进士（榜眼）	翰林学士、礼部尚书	楷书、行书	『二王』	《罗池庙碑》、《表忠观碑》、《黄州寒食帖》等	文学家、诗词家、画家，『唐宋八大家』之一，『宋四大家』之一，《寒食帖》被誉为『天下第三行书』	病逝于返京途中，六十四岁
32	宋	黄庭坚	一千零四十五至一千一百零五	江西修水	进士	太平知州	行书、草书	王羲之	《松风阁诗帖》、《诸上座帖》等	书法家、诗人，江西诗派开山之祖，『宋四大家』之一，『苏门四学士』之一	病逝于贬所，六十岁
33	宋	米芾	一千零五十一至一千一百零七	湖北襄阳（祖籍山西，后定居江苏镇江）		淮阳军知州	行书	欧阳询、颜真卿、『二王』	《方圆庵记》、《苕溪帖》、《蜀素帖》、《多景楼诗册》等	画家、书法家、书法理论家、书画鉴定家，『宋四大家』之一	病逝于任上，五十六岁
34	宋	赵佶	一千零八十二至一千一百三十五	河南开封（祖籍河南洛阳）		北宋第八位皇帝	楷书、草书、花鸟画	褚遂良、黄庭坚	《秾芳诗帖》、《题李白上阳台帖》、狂草《千字文》等	画家、书法家、诗人，开创皇家画院，创『瘦金体』	亡国被掳，受折磨而死，五十三岁
35	元	赵孟頫	一千二百五十四至一千三百二十二	浙江湖州		荣禄大夫	楷书、行书、山水、人物画	钟繇、『二王』	《兰亭十三跋》、《心经》、《琵琶行》等	政治家、画家、书法家、诗人，史上『楷书四大家』之一，宋太祖赵匡胤之子赵德芳之后	病逝，突发于家中，六十八岁
36	明	祝允明	一千四百六十一至一千五百二十七	江苏吴县	举人	应天府通判	楷书、草书	晋唐法帖	《洛神赋》、《赤壁赋》等	诗人、书法家，『吴中四才子』之一，『江南四大才子』之一	病逝，六十六岁
37	明	唐寅	一千四百七十至一千五百二十四	江苏苏州	解元		行书、山水、人物画	晋唐法帖	《落花诗册》等	画家、诗人、书法家，『吴中四才子』、『江南四大才子』之一	病逝，五十四岁

序号	朝代	姓名	生卒年	籍贯	科举出身	任职	艺术专长	师承	代表作品	史上称誉	去世原因
38	明	文徵明	一千四百七十至一千五百五十九	江苏苏州		翰林院待诏	小楷、行书、山水画	李应祯、颜真卿	《草堂十志》、《赤壁赋》、《独乐园记》等	书法家、画家、诗人，『吴中四才子』之一，『江南四大才子』之一，『明代小楷第一人』	执笔端坐而逝，八十九岁
39	明	董其昌	一千五百五十五至一千六百三十六	上海华亭	进士	南京礼部尚书	行书、山水画	钟繇、『二王』、李邕、颜真卿	《白羽扇赋》、《武夷山七律诗轴》等	政治家、画家、书法家、书画理论家、书画鉴定家，『晚明善书四大家』之一	病逝，八十一岁
40	明	张瑞图	一千五百七十至一千六百四十四	福建晋江	进士（探花）	建极殿大学士	行书、草书	孙过庭、苏轼	《李白诗山中问答》、《整顿·归休联》等	政治家、书法家，『晚明五大家』之一，与董其昌并称『南张北董』	病逝，七十四岁
41	明	王铎	一千五百九十二至一千六百五十二	河南孟津	进士	弘文院学士	行书、草书	钟繇、王羲之、颜真卿、米芾	《临得远帖》、《临王筠帖》、《奉龚孝升书卷》等	政治家、书法家、诗人、画家，有『神笔王铎』之誉	病逝，六十岁
42	明	傅山	一千六百零七至一千六百八十四	山西太原		内阁中书（拒受）	行书、草书	赵孟頫、颜真卿	《右军大醉诗轴》、《王健诗轴》、《为淳宇先生书轴》等	道学家、医学家、诗人、书法家，梁启超称其为『清初六大师』之一	病逝，七十七岁
43	清	郑板桥	一千六百九十三至一千七百六十六	江苏兴化	进士	潍县令	楷书、行书、兰竹画、怪石画	篆隶、欧楷	《新修城隍庙碑记》、《作画·弃官联》、《竹石图》等	画家、诗人、书法家，创『六分半书』	病逝，七十三岁
44	清	刘墉	一千七百一十九至一千八百零四	山东诸城	进士	体仁阁大学士	小楷、行书	赵孟頫、晋唐法书	《七言诗轴》、《洗壁·登高联》等	政治家、书法家、诗人，人称『浓墨宰相』。	病逝，八十五岁
45	清	王文治	一千七百三十至一千八百零二	江苏镇江	进士（探花）	临安知府	小楷、行书	『二王』、李邕、赵孟頫	《千字文》、《五律诗轴》等	诗人、书法家，人称『淡墨探花』	病逝，七十二岁
46	清	邓石如	一千七百四十三至一千八百零五	安徽安庆			工四体书、绘画、篆刻	秦汉碑碣	篆书《心经》、篆刻绘画等	画家、书法家、篆刻家，人称『民间奇人』	病逝，六十二岁
47	清	何绍基	一千七百九十九至一千八百七十三	湖南道县	进士	四川学政	楷书、行书、草书	颜真卿	《何凌汉碑》、《行书手札》、《草书册》、《说文段注驳正》等	教育家、书法家，人誉『清代书法第一人』	病逝，七十四岁
48	清	张裕钊	一千八百二十三至一千八百九十四	湖北鄂州	举人	内阁中书	魏楷、行书	欧阳询、柳公权、北碑	《重修金山江天寺记》、《乐壁·两园联》等	书法家、教育家，创『碑体楷书』，『曾（国藩）门四弟子』之一	病逝，七十一岁
49	清	赵之谦	一千八百二十九至一千八百八十四	浙江绍兴		江西南城知县	篆隶、魏行、篆刻、绘画	秦篆、汉隶、魏碑、唐楷	《史游急就篇》、《疲驴·夜壑联》、篆刻绘画等	画家、篆刻家、书法家，书法有『魏底颜面』之誉，与任伯年、吴昌硕并称『清末三大画家』	卒于任上，五十五岁
50	清	吴昌硕	一千八百四十四至一千九百二十七	浙江安吉	秀才	西泠印社首任社长	篆隶、行草、篆刻、绘画	石鼓文、秦汉碑版	《临石鼓文》、《西泠印社记》及绘画篆刻等	画家、诗人、书法家、篆刻家，被誉为『石鼓篆书第一人』	病逝于上海，八十三岁

图书在版编目(CIP)数据

中国古代翰墨大家诗赞·尤中会书自作诗五十首/尤中会著.
—武汉：华中科技大学出版社，2022.11
ISBN 978-7-5680-8663-9
Ⅰ.①中…
Ⅱ.①尤…
Ⅲ.①诗集－中国－当代
Ⅳ.①I227
中国版本图书馆CIP数据核字(2022)第152489号

总 策 划：隋建武
副总策划：刘 敏 罗红星
整体设计：孔艺工作室
封底篆刻：黄 强

中国古代翰墨大家诗赞·尤中会书自作诗五十首
ZHONGGUO GUDAI HANMO DAJIA SHIZAN · YOUZHONGHUI SHU ZIZUOSHI WUSHISHOU
尤中会 著

策划编辑：钱 坤 谢 源
责任编辑：谢 源
责任监印：周治超
出版发行：华中科技大学出版社(中国·武汉) 电话：(027)81321913
武汉市东湖新技术开发区华工科技园 邮编：430223
录排制版：武汉孔艺设计制作有限公司
印 刷：武汉美盈风谷印刷有限公司
开 本：889mm×1194mm 1/8
印 张：14
版 次：2022年11月第1版第1次印刷
定 价：128.00元